モンスター・ファクトリー4
—左遷騎士と雨季の渡り鳥—

アロハ座長

JN210502

ファンタジア文庫

2737

口絵・本文イラスト　夜ノみつき

モンスターのファクトリー

MONSTER FACTORY

左遷騎士と雨季の渡り鳥

Aloha Zachou
アロハ座長
illustration.
夜ノみつき

Contents

序章　左遷騎士《させんきし》と精霊召喚《せいれいしょうかん》

どんよりとした湿気《しっけ》を含《ふく》む曇《くも》り空の下で俺は、レスカの借りている畑で野菜のための棚《たな》を設《しつら》えている。

畑の畝《うね》を挟《はさ》むように支柱となる二本の棒を差し込み、棒を交差させ、その上に梁《はり》となる棒を渡《わた》し、紐《ひも》で固定して棚の骨組みを作る。

その骨組みの上に牧場町で使い古されている魔物捕獲用《まものほかく》のネットを被《かぶ》せ、風で飛ばないように柱と梁に縛《しば》って固定する。

「ふぅ、他《ほか》の畑を真似《まね》しながらだが。レスカ、これでいいか？」

「はい。コータスさん、それでいいですよ」

俺は、周囲に作られた畑の棚と見比べながらレスカに尋《たず》ねると、小走りで近寄って俺の作った棚を確認《かくにん》してくれる。

「雨季が来る前に慌《あわ》てずに準備することができて助かりました」

この畑の棚は、動く野菜たちが雨季の風雨で倒《たお》れないように支え、夏の日差しを効率良く受けて急生長するために必要なものだ。

早速《さっそく》、蔦《つた》状の動く野菜たちが蔓《つる》を伸《の》ばし、寄り掛《か》かるようにしている。

「順調に、雨季を越《こ》えて、夏になれば、ナスやピーマン、トマトなどの夏野菜を実らせてくれるはずです」

牧場町に左遷されて早三ヶ月近くが経《た》ち、日常的にレスカについて畑の手伝いなどにも慣れ始めた。

「次は、何をすればいい？」

春先から手伝い続けた畑であるために多少は愛着があるので、できることを探そうとする。

そんな俺にレスカは、苦笑《くしょう》しながら休むことを提案してくる。

「もう上がりましょうか」

「もういいのか？」

「今はなくても雨が降れば、雨で流された土を補うために畝の土寄せや肥料を入れたり、雨でカビや病気になった葉っぱを間引いたりなど、やることは一杯《いっぱい》ありますから」

レスカの力強い言葉に俺は、農業は手間暇《てまひま》が掛かるな、と感じる。

だがその分、でき上がった野菜を食べるのは、非常に楽しみであったりする。

そして、畑の棚作りを終えて帰り支度《じたく》をする俺とレスカに畑の端《はし》で待っていたオルトロスのペロが背中に暗竜《あんりゅう》の雛《ひな》であるチェルナを乗せて近づいてくる。

「それじゃあ、牧場に帰りましょうか。それに今日は、ジニーちゃんの用事もありますから」

『『ワンッ！』』

『キュイ！』

レスカの提案に、ペロとチェルナが返事をするように鳴き声を上げ、その様子に俺は自然と頬《ほお》が緩《ゆる》むが、すぐに別の用事を思い出す。

「レスカ。悪いが俺は、ロシューのところに寄る用があるんだ」

「わかりました。それでは先に帰ってジニーちゃんの準備をして待ちますね」

レスカは、ペロの背中に乗るチェルナを抱《だ》き上げ、ペロには畑の道具を載《の》せたリアカーを牽《ひ》いてもらい、帰って行く。

俺は、レスカたちの後姿を見送り、布に包まれたものを手に取り、牧場町の鍛冶《かじ》師であるドワーフのロシューの工房《こうぼう》に向かって歩き出す。

そして、程《ほど》なくしてロシューの工房に入れば、中から金属を研《と》ぐ音が聞こえる。

「すまない。ロシュー、相談にきた」

「なんじゃい？　お前さんか？」

工房で刃物《はもの》を研ぐのを止めたロシューは、店舗《てんぽ》の方に顔を出す。

「少し待っておれ。すぐに終わる」

「ああ、わかった」

俺は、荷物をカウンターに置き、店に飾《かざ》られた農具を眺《なが》める。

そして、俺が待っているとロシューが店舗に顔を出し、俺とカウンターに置かれた荷物を訝《いぶか》しげに見つめる。

「なんじゃい。お前さんから相談とは」

「ロシューに見て貰《もら》いたいものがあるんだ」

「なんじゃい、藪《やぶ》から棒に、まぁいいわ」

訝しげな表情で蒸留酒を小さなカップに注ぐロシューは、気怠《けだる》げに舐《な》めるように強い酒を飲む。

俺は、構わずにカウンターに置いた荷物の布を広げて中を見せれば、ロシューは目を見開き、それに視線が釘付《くぎづ》けになる。

ロシューが浮《う》かべた驚愕《きょうがく》の表情が、険しいものに変わり、そして、深い溜息《ためいき》を吐《は》き出す。

「お前さん、何をやらかしたらミスリルの剣《けん》がこんなに酷《ひど》い状態になる？」

「少し、色々あってな」

　このミスリルの長剣《ちょうけん》は、エルフの交易団に同行した時、偶然《ぐうぜん》にも世界樹に巣喰《すく》っていた魔物を退治した時の報酬《ほうしゅう》として貰ったものだ。

　ミスリル製ということもあり、長く使える武器だと思っていた。

　だが、レスカの牧場で使役《しえき》されていた菌糸《きんし》魔物のコマタンゴが妖精《ようせい》に進化し、新種の魔物であるコマタンゴ・リトルフェアリーとなって暴走した際、菌糸による侵食《しんしょく》を受けて、根元から折れてしまった。

　暴走を抑《おさ》え込んだ現在は、コマタンゴ・リトルフェアリーはレスカにマーゴと名付けられ、地中深くで置き去りにしたミスリルの長剣を届けてくれたが、それでも武器としては使える状態ではない。

「色々って……根元だけが黒く変色して折れたミスリル製の武具など今まで見たことがないわい。こりゃ全部溶《と》かして作り直しでもしないといかん」

「やっぱり、そうか」

　専門家であるロシューの言葉に俺は、納得《なっとく》する
「まぁ、何に作り替《か》えるかは、コータスの坊主《ぼうず》が決めればええわ。それで、何に作り替えるんじゃ？　スコップか、鍬《くわ》か、それとも三本フォークか！」

「なんで農具なんだよ。そこは、武具に作り替えてくれないか？」

「なんじゃい。つまらんの、人殺しの道具など作らせようとしおって」

ロシューは、隙《すき》あらば俺のミスリルの長剣を農具に変えようとする。

俺は、軽く眼力を込《こ》めてロシューを睨《にら》むが逆に睨み返してくる。

そして、少しの間無言で睨み合っていると、ロシューが深い溜息を吐き出し、視線を逸《そ》らす。

「わかったわい。レスカ嬢《じょう》ちゃんや真竜の雛を守るために武具が必要なのだろう。打ち直そう」

ロシューは、折れたミスリルの長剣を布に包み戻《もど》し、カウンターに置く。

「悪いな。俺には、とにかく武器が必要なんだ」

「わかっておる。まぁ、作り直すにしても総ミスリルだから混ぜ物がない分、いいものは仕上げられる。ただの……」

「なにか問題でもあるのか？」

「こいつは、見たところ肉厚な刀身で叩《たた》き切るのに向いた長剣じゃ。そして作りは鋳造《ちゅうぞう》じゃが、その型がないから同じものは作れんぞ」

これが一つ、と人差し指を立てて問題点を挙げる。

「もう一つが、儂《わし》が得意なのは、鍛造《たんぞう》じゃ。そして、肉厚な刀身よりも鋭《するど》い刀身の道具の方を好んで作ってきた」

　例えば、ロシューの作るマチェットなどは、鋭い切れ味を持っているために、下手な鉄剣よりも優《すぐ》れている。

「長さは変わらんが、少し刀身が薄《うす》くなり、その分軽くなるかもしれんの」

「まぁ、それは仕方がない」

　それに関しても納得する。

　そして、最後に――

「最後じゃが、刀身が薄くなると余るミスリルが出てくる。それはどうする？　必要なら儂が買い取るか、今の農具の刃先《はさき》にミスリルの刃を重ねることができるぞ」

「またここで農具か……」

　ロシューのブレなさにガクッと肩《かた》を落とし、考える。

　どうせ、ここで余ったミスリルを売っても、ロシューの趣味《しゅみ》でミスリル製の農具がこの店に並びそうだ。

　それに俺の農具の刃先――例えば、三本鍬の刃先にミスリルを使うだけで刃毀《はこぼ》れしにくく、また地面を耕しやすくなる。

意外と農具という選択肢《せんたくし》も……と考えが浮かび、ロシューに毒されている気がして頭を振《ふ》る。

そこで、ふと思い立つ。

「済まないが、余ったミスリルで万能ナイフを作ってくれ」

「万能ナイフ？　流石《さすが》にそれだけのミスリルは余らんぞ」

「なら、鉄との合金でもいい。なるべく長い期間、採取や解体とかに使えるようなナイフを作ってくれ」

「わかったわい。それなら、お代は、こんなところかのう」

俺は、ロシューに折れたミスリルの長剣と万能ナイフの加工費のお代を渡し、代わりの長剣をロシューから借りて腰《こし》に吊《つ》るす。

その際の加工費だが、ミスリルの武器を作るにしては安すぎて、それを指摘《してき》しようとするが、ロシューの眼差《まなざ》しで止められる。

「何も言うでない。これはこの辺境の牧場町を守っておるコータス、お主への恩返しの一《いっ》環《かん》じゃ。なに、燃料費とちょっとした酒代くらいは取っておる」

「……すまない、頼《たの》む」

俺は、ロシューの気遣《きづか》いを無下にすることができずに受け入れる。

「一応、加工に五日、鞘《さや》などを用意するのに更《さら》に五日で計十日ほどで完成じゃろう」

俺は、こうして折れたミスリルの長剣を預けてロシューの工房を出て、レスカの牧場に帰るのだった。

●

俺がロシューの工房からレスカの牧場に帰ってくると、母屋《おもや》の軒下《のきした》にレスカとジニー、ヒビキが集まり、準備を整えていた。

「すまない、待たせたか」

「コータス、遅《おそ》いわよ。先に準備だけしちゃったわよ」

ヒビキがそう声を掛けてくる中、今日の主役であるジニーは、目を閉じて一心に瞑想《めいそう》を続けている。

冒険者志望《ぼうけん》のジニーは、ここ数ヶ月の間俺とヒビキに師事することで、基礎《きそ》的な体力と魔《ま》法《ほう》技術を習得してきた。

精霊《せいれい》魔法に関しても、交易でエルフの里に滞在《たいざい》した際、エルフのリエルから鍛錬《たんれん》方法を教わり、それも合わせて行っていた。

そして、ついに──ジニーが精霊召喚《しょうかん》を行う日を迎《むか》えた。

事前に準備を行い、保護者であるリア婆《ばあ》さんから許可を貰って、今日実行される。

「ジニーちゃんの準備にもう少し時間が掛《か》かるから、こっちも触媒《しょくばい》の方を確認《かくにん》しましょう」

そう言ってヒビキは、小さな木箱を取り出し、蓋《ふた》を開け、俺たちが覗《のぞ》き込む。

その中には、一つの大きな赤い宝石が収められていた。

「これは、レスカが前に注文していた……」

「はい。火の魔道具の触媒に使われる【カーバンクル・ジュエル】です。それをヒビキさんに精霊召喚用に調整してもらいました」

レスカの伝手《つて》で、カーバンクル牧場の牧場主から触媒に使われる赤い【カーバンクル・ジュエル】が届けられた。

「いやぁ、大変だったわぁ。でも、大事な義妹《いもうと》のジニーちゃんの晴れ舞台《ぶたい》にお姉さん一肌《ひとはだ》脱《ぬ》ぎました！」

そして、届けられた【カーバンクル・ジュエル】を【賢者《けんじゃ》】の加護を持つ異世界人であるヒビキが、付与《ふよ》魔法で火精霊召喚に特化した調整を施《ほどこ》した。

それを自慢《じまん》するようにヒビキは、腰に手を当てて薄い胸を張り、レスカが微苦笑《びくしょう》を浮かべる。

「これで火の中級精霊を呼び出せるんだよな」

「そうよ。理論上は、これなら中級精霊クラスの召喚に適しているはずよ」

先程《さきほど》までのふざけた言動は抑《おさ》え、真面目《まじめ》に説明するヒビキ。

どういう理論があるのか俺には、分からない。

だがこれから行うジニーの精霊召喚に対して、できる限り安全に気を払《はら》って準備を進める。

「ヒビキ姉ちゃん、そろそろ始めたい」

「分かったわ。コータス、準備を」

「了解《りょうかい》した」

瞑想を終えたジニーがヒビキに呼び掛け、俺たちは配置に着く。

レスカは、安全のためにヒビキが事前に張った結界の範囲《はんい》まで退避《たいひ》して、ペロとチェルナ、そして、コマタンゴ・リトルフェアリーのマーゴと共に成功を祈《いの》る。

俺は、片手に【グラド重鉱石】の圧縮木刀を摑《つか》み、ヒビキと共にジニーの近くで待機する。

「ふぅ――《デミ・マテリアーム》」

半物質化した魔力の籠手《こて》を両腕《りょううで》に生み出し、圧縮木刀を魔力で覆《おお》って強化する。

召喚される精霊が不測の事態で暴走しても、相手の魔力を乱す《練魔《れんま》》と圧縮木刀の芯《しん》に使われたグラド重鉱石の力で実体化した精霊の魔力を散らす準備をする。

ヒビキもジニーを守れるように防御《ぼうぎょ》魔法の《プロテクション》を用意する。

「さぁ、ジニーちゃん。いつでも始めて良いわよ」

「ん、はじめるよ」

力強く頷《うなず》いたジニーは、レスカが用意し、ヒビキが調整した【カーバンクル・ジュエル】を小箱から大事に取り出し、両手で握《にぎ》り締《し》める。

目を閉じ、両手で握った魔法の触媒に、ジニーの魔力を注いでいく。

徐々《じょじょ》に輝《かがや》きを増す宝石とジニーの高まる魔力が赤い燐光《りんこう》となって微《かす》かに漏《も》れ始める。

そして――

「あたしのところに来い！　――《精霊召喚》！」

ジニーの掛け声と共に、【カーバンクル・ジュエル】が弾《はじ》け飛び、魔力の炎《ほのお》が渦巻《うずま》く。

「ジニーちゃん！」

「くっ⁉　失敗したか！」

「いえ、まだよ！」

魔力の炎の中には、無数の半透明《はんとうめい》な火精霊の影《かげ》が見える。

【精霊の愛《いと》し子】の呼び掛けに狂喜《きょうき》した下級精霊たちが暴走したと判断し、精霊召喚を中断させようと俺は飛び出そうとする。

だが、それをヒビキに止められ、俺はじっと魔力の炎の動きを見続ける。

炎の中にいる無数の下級精霊がジニーの魔力と触媒の力によって顕現《けんげん》しようとする。

だが、その精霊たちの影が一体、また一体と蹴《け》散《ち》らされ、その数を減らしていく。

そして、蹴散らすその影を見て、魔力の炎の中心にいるジニーが微笑《ほほえ》む。

「あたしの呼び掛けに応えてくれた中級精霊！　そのまま、来て！」

ジニーの呼び掛けに応えるように、魔力の炎が急速に収束して一つの形に変わる。

「……やった。来てくれた」

そして魔力と気力を振り絞《しぼ》り、呼び出した中級精霊を見て、へなへなとその場にしゃがみ込んでしまう。

『ニャー』

現れたのは、猫《ねこ》型の精霊である。

知性を宿した金色の瞳《ひとみ》と縞《しま》トラ柄《がら》の橙色《だいだいいろ》の毛並みの精霊は、地面に降り立ち、しゃがみ込んでいるジニーと目を合わせている。

そして、ぼうっと見つめ合っている両者は、レスカに声を掛けられ、はっと正気に戻《もど》る。

「ジニーちゃん！　精霊と契約《けいやく》です！」

「そ、そうだった！　あ、あたしは、ジニー。あたしは、その、冒険者になりたい。だから、力を貸して欲しいの。そのために、契約してほしい」

ジニーは、なけなしの魔力で青白い魔《ま》法陣《ほうじん》を生み出し、契約を実行しようとする。

レスカから学んだ【契約魔法】の一つである《仮契約》を結ぼうとする。

あとは、召喚された猫精霊が《仮契約》を受け入れることで晴れて正式に精霊魔法使いとなれるのだが――

『フシャァァァァッ――！』

「きゃっ⁉」

猫の威嚇《いかく》と火精霊の魔力の燐光が吹《ふ》き荒《すさ》び、ジニーが思わず契約の魔法陣を崩《くず》してしまう。

それは、精霊からの拒否《きょひ》である。

呆然《ぼうぜん》とするジニーは、精霊召喚と《仮契約》に魔力を使い果たしたのか、そのままふらっと気絶するように後ろに倒《たお》れる。

「危なっ！　ふう、間に合ったか」

俺は、素早《すばや》くジニーの後ろに回り込み、倒れそうになる体を抱《だ》き留《と》める。

「ジニーちゃん⁉」

『ウニャッ⁉』

レスカとヒビキは、慌《あわ》てて俺とジニーの元に駆《か》け寄ってくる。

契約を拒否した猫精霊は、ジニーが目の前で倒れたことに驚《おどろ》くような鳴き声を上げて、オロオロし出す。

「ただの魔力の枯渇《こかつ》だ。とりあえず、寝《ね》かせておけば平気だ」

俺の言葉にレスカやヒビキだけでなく、何故《なぜ》か猫精霊まで安堵《あんど》した様子を見せる。

そして、ジニーを横抱きにして抱《かか》え、レスカの牧場の客室に運んでいく。

その際、俺とレスカ、ヒビキも一緒《いっしょ》に母屋の中に移動するが、何故か仮契約を拒否した猫精霊が、実体化したまま心配そうにこちらに付いてくる。

拒否したのだから、早々に精霊界に帰りそうなものを、と思うが、その付いてくる姿に少しばかり哀愁《あいしゅう》を感じた。

『『ワフッ』』

『キュイ！』

『……キニイラナイ、チカヨルナ』

ペロとチェルナは、猫精霊に友好的な反応を見せる中、マーゴだけは、嫌悪感《けんおかん》のある念話を届けてくる。

「ダメですよ。喧嘩《けんか》しては」

『……カエル。マタクル』

そう言って、猫精霊と同じ場所にいるのが嫌《いや》なのか、マーゴはそのまま菌糸《きんし》の体が溶《と》けるように地面に吸い込まれていく。

「やっぱり、マーゴは火がダメか」

「火は天敵ですから、火精霊の存在自体が気に入らないのかもしれません」

マーゴは、火を無条件で嫌《きら》うわけではないが、それでも警戒《けいかい》はするようだ。

「とりあえず、ジニーを寝かせよう」

そして、ジニーを客室のベッドにそっと寝かせる。

そのまま、ジニーの傍《そば》に居続けようとする猫精霊を摘《つ》まんで、レスカとヒビキと共に食堂に移動する。

野良猫《のらねこ》にはない、どこか落胆《らくたん》した様子を見せるのは、中級精霊としての知性の賜物《たまもの》だろうか。

それに猫精霊の反応などが、妙《みょう》に人間味を感じる。

「あー、それにしてもジニーちゃんの火精霊との契約は、失敗かぁ」

『ウ、ウニャッ！』

俺は、食堂のテーブルに猫精霊を下ろし、ヒビキがそう呟《つぶや》くと猫精霊は、驚きの鳴き声を上げる。

なんだろう、この猫精霊の反応は？　まるで、仮契約を拒否したのは、手違《てちが》いや間違いであるような慌てようだ。

「でも、ジニーちゃん凄《すご》いですよ。召喚は、成功ですよ」

「そうね。また魔法の触媒が手に入ったら、今度は別の中級精霊を呼び出すことも考えるべきかしら」

『ウニャニャっ！』

慌てたように鳴く猫精霊にヒビキが、一瞬《いっしゅん》だけニヤリと悪い表情をしてみせる。

「そう言えば、レスカちゃん。契約が失敗した場合、どうなるの？」

「そうですね。そこで諦《あきら》めてすっぱりと別個体の魔物に切り替《か》えることはありますよ。契約の場合、どうしても相性《あいしょう》が悪ければ、一生契約できませんから」

『ニャニャッ！』

より驚くような猫精霊。

ヒビキの質問にレスカは、あくまで一般的《いっぱん》な答えを口にする。

だが、猫精霊にとっては、最悪の未来予想のように聞こえているのかもしれない。

「あとは、私とリスティーブルのルインとの場合ですけど、何度も接して触《ふ》れ合って、《仮契約》を結び、仲良くなった今は《本契約》を結べました」

「だ、そうよ。火精霊としての事情がありそうだけど、ジニーちゃんと仲良くなりたいなら、これから頑張《がんば》りなさい」

『ウニャッ……』

そして、神妙《しんみよう》に頷くように頭を下げる猫精霊。

その後、ペロやチェルナの興味を引いた猫精霊は、その二匹《ひき》とじゃれ合って構われていた。

俺は、天気が崩れそうなので室内でできる鍛錬《たんれん》を行い、レスカが昼食の準備を行う。

ヒビキは、過去の【賢者《けんじや》】たちの知識を魔力で作られた本という形で具現化し、それを読みながら、昼食までの時間を潰《つぶ》している。

気絶したジニーが目を覚ますまで、俺たちは、そんな穏《おだ》やかな空間を作って待っていた。

魔物図鑑
Monster guide
NO.16

火の精霊(ミケ)

討伐ランク▶C(ほぼ不滅)

ジニーの精霊召喚に応じ、呼び出されて契約した猫型の火の中級精霊。
動物型の精霊だが、中級であるために非常に理性的であり、ジニーの【精霊の愛し子】の内包加護の影響で暴走もせず、逆に下級精霊を抑え込んでいる。
魔力によって実体が維持できない場合でも、精霊界に戻り、再び魔力を得れば実体化が可能なために不滅の存在に近い。

【備考】

ランクSS▶測定不能。天災級の強さ　ランクS▶勇者・英雄・魔王級、半伝説級の存在
ランクA▶超一流の人間が複数人で討伐可能
ランクB▶人間単独での対処の限界。一流冒険者、もしくは近衛騎士級の人間が複数人必要
ランクC▶一人前の冒険者複数人、もしくは、ベテラン冒険者が個人で討伐可能
ランクD▶一般男性が複数人、もしくは、一人前の冒険者が個人で討伐可能
ランクE▶一般の成人男性が個人で討伐可能
ランクF▶子どもが倒すことができる　ランクG▶ほぼ無害

一章　左遷騎士《させんきし》と猫精霊《ねこせいれい》

昼を少し過ぎた頃《ころ》、気絶していたジニーが目を覚ます。

「……コータス兄ちゃん、レスカ姉ちゃん、ヒビキ姉ちゃん。あたし、どうしてた？」

猫精霊との契約を拒否され気絶した後、客室のベッドに寝かされていたジニーが食堂に現れた。

「ジニー、起きて大丈夫《だいじょうぶ》か？」

「ん、ちょっと頭がぼうっとするけど、平気。それで、なにがあった？」

寝ぼけ眼《まなこ》の気怠《けだる》そうなジニーは、食堂の席に座り、ヒビキが注いだコップの水を飲みながら、俺たちの話を待つ。

「魔力《まりょく》の枯渇による気絶だ。【契約魔法】で精霊との繋《つな》がりを作ろうとして拒否された反動もあるだろうな」

「じゃあ、失敗したんだ……」

ジニーは小さく呟き、しょんぼりとしているが、そんなジニーを慰《なぐさ》めるようにレスカがそっと抱き締《し》める。

「大丈夫ですよ。ジニーちゃんは、精霊召喚《しょうかん》に成功したんです。誇《ほこ》ってもいいですよ」

「ん、レスカ姉ちゃん、ありがとう」

「それじゃあ、お昼ご飯を温め直しますね」

俺たちは、ジニーが起きるより先に昼食を頂いていたので、ジニーがレスカが用意した食事を食べ終わるのを待つ。

そして、レスカが温め直した料理がジニーの前に並び、俺たちの視線を受けながら、少し食べ辛《づら》そうにする。

特に、ヒビキがだらしない笑《え》みを浮《う》かべて、可愛《かわい》い義妹《いもうと》の食事姿をじっくり見られるって幸せ、などと言っているので、ヒビキへの視線は冷たいものに変わる。

「レスカ姉ちゃん、ごちそうさま。おいしかった」

「お粗末様《そまつさま》です」

「私もごちそうさま」

「ヒビキ姉ちゃんは、黙《だま》って」

そして、食べ終わった後、ヒビキのふざけた言動をジニーがざっくり切り捨てる。

「まぁまぁ、そう怒《おこ》らずに。ジニーちゃんは、精霊との契約《けいやく》が失敗したみたいに感じているけど、実はまだチャンスがあるのよ」

さっきまでふざけていたヒビキだが、雰囲気《ふんいき》を真面目《まじめ》なものに変える。

それを聞いたジニーは、ヒビキの言葉に驚き、立ち上がる。

「ヒ、ヒビキ姉ちゃん！　それってどういうこと⁉」

「そうね。それの説明には……出てきなさい」

『ウニャァァッ……』

「その、鳴き声……」

ヒビキの呼び掛《か》けに、ジニーから隠《かく》れるように逃《に》げていた猫精霊が、背中にチェルナを乗せたペロに咥《くわ》えられて、姿を現す。

途中《とちゅう》で逃げようとジタバタするが、最終的にどこか観念したような表情でジニーの前まで連れてこられた。

「えっ？　どういうこと？　契約に失敗したんじゃないの？　えっ、なんでいるの？」

精霊は、この世界で実体化し続けることは困難である。

そのために、魔力の補給が容易な力ある場所に出現したり、契約して魔力的な繋がりを得ようとする。

その場限りの精霊魔法では、召喚時の魔力で僅《わず》かな時間実体化して、その魔力で現象を引き起こし、すぐに精霊界に帰る。

「召喚には成功しているわ。この猫精霊は、私たちが用意した魔法の触媒《しょくばい》と召喚時のジニーちゃんの魔力でここにいるわ」

この猫精霊は、確かに威嚇《いかく》するような態度を示したが、召喚された後も帰ることなく居続けている。

またその後の反応を見る限り、ジニーの【火精霊の愛《いと》し子】の内包加護は、きちんと作用しているように思う。

「この猫精霊にも何か理由があるのかもしれないけど、まだ契約するチャンスはあるわ。タイムリミットは、この子の魔力が尽《つ》きるまでね」

もし、実体化に必要な魔力が尽きれば、精霊界に帰ってしまう。

そして、次に召喚される火の中級精霊がこの猫精霊と同じであるとは限らない。

「ジニーちゃんの選択肢《せんたくし》は、この猫精霊が帰る前に契約を結ぶか、この猫精霊を諦めて別の中級精霊を呼び出して契約を結ぶか」

突然《とつぜん》提示された選択肢にジニーは、ペロに咥えられた猫精霊を見つめ、自身の答えを口にする。

「……あたしは、まだチャンスがあるなら、この火精霊と契約したい。諦めたくない」

『ニャァァッ』

ジニーの選択に、猫精霊は、吊《つ》るされたまま潤《うる》んだ瞳《ひとみ》でジニーを見つめる。

そして、ジニーが猫精霊に近づき触れようとするが――

『フシャァァァッ――』

ペロに咥えられた猫精霊は、再び威嚇して、ジニーに触れられるのを拒否《きょひ》する。

流石《さすが》に、二度連続で威嚇されれば、まだ子どものジニーもショックを受ける。

「どうして、あたし【火精霊の愛し子】じゃないの？　なんで嫌《きら》われてるの？」

「大丈夫ですよ、ジニーちゃん。次は成功します。今日は疲《つか》れているから休みましょう」

「ほら、今日は私とのんびりしましょう。お姉さんがジニーちゃんの好きなお菓子《かし》買ってあげるわよ」

年相応の泣き顔を見せるジニーにレスカとヒビキが左右から抱《だ》き締めて慰める。

対する猫精霊も、ペロから放されて床《ゆか》に降り立つと、失敗したというばつの悪そうな顔をすると、そのままレスカの牧場の母屋《おもや》から出て行く。

「あっ……」

「俺は、猫精霊の様子を見てくる」

『キュイ！』

猫精霊が去る姿にジニーは、悲しそうな小さな呟《つぶや》きを漏《も》らす。

今のジニーは、レスカとヒビキたちに任せて、俺は、猫精霊を追って牧場を出る。

その際に、チェルナが俺に付いてくるために、滑空《かっくう》して背中にしがみつき体をよじ登ってくる。

曇《くも》り空の下で、猫精霊がどこに逃げたのか探す。

流石、猫だけあって素早《すばや》い。

『ウニャァッ』

鳴き声の方を振《ふ》り向くと、猫精霊が駆《か》け出す後ろ姿が見える。

どうやら町の方に向かったようで俺は、チェルナを連れて追い掛ける。

「おっ、左遷《させん》の兄ちゃんとチェルナじゃないか。どうした？」

「すまない。猫を探しているんだ」

『キュイ！』

「猫？　ああ、牧場町に珍《めずら》しく野良猫《のらねこ》が居ると思ったけど、あっちにいるぞ」

「助かる」

そんな感じで町中で、すれ違《ちが》う牧場町の住人が声を掛けてくるので、猫探しに協力してもらう。

ここに左遷された当初は、目付きの悪さと余所者《よそもの》ということで余所余所しかった。左遷されてから三ヶ月の間、真面目に牧場仕事の手伝いと町の巡回《じゅんかい》をしていたので、それなりに受け入れられた。

それに牧場町の住人に可愛がられているチェルナと一緒《いっしょ》なので皆《みな》、非常に協力的だ。

「あら、騎士さん。猫さん探し？　それならあっちの方で見たわよ。そうだ、今朝、うちの畑で採れた野菜、形が悪いやつだけどいるか？　それとチェルナちゃんにもね」

「あー、騎士の兄ちゃん、猫？　それならあそこで見つけて触《さわ》ろうとして逃げられた。もし捕《つか》まえたら、俺らにも触らせてくれよな！」

「なんだい、兄さん、そんなに慌《あわ》てて何か厄介《やっかい》ごとか？　猫探しているのか？　誰《だれ》に頼《たの》まれたか分からんが頑張《がんば》れよ！　あっ、そうだ。今度、うちの牧場手伝ってくれ。これ前賃代わりだ」

すれ違う町人たちに猫精霊探しの情報を貰《もら》っていると何故《なぜ》か籠《かご》を持たされ、その中に形の悪い野菜をお裾《すそ》分《わ》けされ、油紙に包まれたブロック肉を渡《わた》され、牧場仕事の手伝いを頼まれる。

『キユイ！　キユイ！』

「そうか、楽しいか」

籠を背中に担《かつ》ぎ、その中にお裾分けの野菜やブロック肉と共にチェルナがすっぽりと入り込み、楽しそうな鳴き声を上げる。

そんな悪目立ちする格好のまま猫精霊を探していると、牧場町のサラマンダー牧場の前まで来た。

「ここが、猫精霊の逃げ込んだ場所か」

なぜここか、と考えると、やはり温かいからだろうか、と思い、サラマンダー牧場の牧場主に話を通す。

「すまない。こっちに猫は来なかったか？」

「猫？　ああ、うちのサラマンダーたちの中になんか紛《まぎ》れてるんだよな。ほら」

トカゲ型の魔物である大小様々なサラマンダーたちの中に猫精霊が混じっている。

「何で猫がいるのか知らんけど、引き取ってくれねぇか？」

「わかっている」

頭を抱《かか》えるようにして身を捩《よじ》る人間臭《くさ》い猫精霊に近づき、話し掛ける。

「なぁ、少し良いか」

『ニャニャッ！』

俺が近づき、声を掛けたところで猫精霊は、驚《おどろ》き、飛び跳《は》ねて距離《きょり》を取る。

そのまま構わずに目の前の地面に座って胡座《あぐら》を組み、なるべく視線の高さを合わせる。

「お前は、俺の言葉が理解できるか？　できると仮定して話をする」

俺がそう語り始めると猫精霊《せいれい》は、少し警戒《けいかい》しながらもお座りの状態で俺と向かい合う。

「お前は、別にジニーのことを嫌《きら》っているわけじゃないよな」

『ニャニャニャッ！』

その通り、とでも言うように何度も首を縦に振る猫精霊に質問を重ねる。

「本当は、ジニーと契約したい」

『ニャッ！』

力強い頷《うなず》きにやはり【火精霊の愛し子】の内包加護は、この猫精霊にも通じているようだ。

だが、この猫精霊は、契約を拒否している。

そう言えば、召喚する直前、魔力《まりょく》の炎《ほのお》の中には多種多様な精霊の影《かげ》がうっすらと見えていたのを思い出す。

また、ジニーが火魔法を使うと火精霊の嫉妬《しっと》により干渉《かんしょう》されて暴発することがあることを考えると――

「まさか、他《ほか》の精霊が妨害《ぼうがい》している？　と言うかジニーの周りに精霊が多すぎて契約が難しいとか」

『ニャニャニャニャッ！』

猫精霊は、嬉《うれ》しそうに力強く頷く。猫精霊の拒否する理由が分かった。

【火魔法】の加護を使うために、【火精霊の愛し子】に魅了《みりょう》されて暴走する火の下級精霊を抑《おさ》え込まないといけない。

そのために、【精霊の愛し子】で暴走せず、知性を持って他の精霊を抑えてくれる火の中級精霊の協力が必要である。

だが、それ以前に、下級精霊たちがジニーを猫精霊に独占《どくせん》させないために契約を妨害しているようだ。

そして、猫精霊の威嚇は、妨害する精霊を散らすために行っているようだ。

その威嚇の副次的効果として俺の《錬魔《れんま》》のような魔力を乱す効果があるのだろう。

その結果、ジニーの【契約《けいやく》魔法】の魔《ま》法陣《ほうじん》が壊《こわ》されて結果的に拒否することになる。

「他の火精霊をなんとかするか、契約の魔法陣が壊れないように作るとかだな」

『ウニャァ～』

なんとも前途《ぜんと》多難な精霊契約だなぁ、と思い、頭を掻《か》く。

「とりあえず、帰るぞ」

『ウニャッ』

そして、そんな猫精霊を抱えて、レスカの牧場に戻《もど》る。

帰り道、背中には、チェルナが顔を出したお裾分けの入った籠、腕《うで》の中には猫精霊という奇妙《きみよう》な格好で歩く。

その際、猫精霊とは言え、猫に触《ふ》れたことに小さな感動を覚える。

小動物は、俺の目付きの悪さに怖《こわ》がって近寄らない。

そのために、猫に触ったのは初めてであり、思わず腕の中の猫精霊を撫《な》でてしまう。

『ゴロゴロゴロッ』

「喉《のど》の下あたりが気持ちいいのか？　他にやってほしいところはあるか？」

そう尋《たず》ねると耳の後ろ辺りを俺の手に押し付けてくるのでそこを撫でながら歩く。

『キュイ！』

「ああ、あとでチェルナもやってやるよ」

他の相手に構うために嫉妬したのかチェルナが籠から前足を出して、俺の後頭部をペチペチと叩《たた》いてくるので、そう宥《なだ》める。

そうして、レスカの牧場に戻ってくると——

「コータスさん、おかえりなさい。って、あれ？　なんですか、その荷物は」

「……猫精霊を探しに行ったら、お裾分けを貰った」

俺の説明に一瞬《いっしゅん》訳が分からなかったようにポカンとしたレスカだが、すぐに理解して苦《く》笑《しょう》を浮《う》かべる。

「そうですか。お疲れ様です」

「コータス、おかえり。猫精霊は見つかったみたいね」

レスカに遅《おく》れて、ヒビキも俺の帰りを出迎《でむか》え、ジニーもやってくる。

そして、俺と俺の抱える猫精霊を見て――

「……ズルい。コータス兄ちゃんの方が、仲良くなっている」

『ニャッ!?』

そんなつもりはなかったのだが、ジニーから恨《うら》めしそうな目で見られ、俺も猫精霊も驚く。

「いや、その……」

『キュイ!』

そんな俺に、自分も構ってくれ、と籠の中から再度前足でペチペチと叩いてくるチェルナ。

俺がジニーの視線に狼狽《うろた》える中、猫精霊が俺の腕から飛び出し、床に着地する。

そして、背中の籠を下ろし、中にいたチェルナを抱えて落ち着いたところで、猫精霊への質問から分かったことをジニーに伝える。

「ジニー、この猫精霊に関しての話があるんだ」

「う、うん」

「どうやら、別にジニーを嫌っているわけじゃないんだ」

「嘘《うそ》だ！　だって、あたしにだけ威嚇《いかく》するし！」

ジニーの言葉に、猫精霊の耳が力なくへにゃりと垂れ下がる。

流石《さすが》に不憫《ふびん》なので、ちゃんとフォローする。

「実体化して、ジニーとの契約の機会を狙《ねら》う、見えない他の火精霊に邪魔《じゃま》されているようだ」

「えっ、それって……」

「だから、ジニーが触れようとするとそうした火精霊たちが騒《さわ》がしいからそれに対する威嚇みたいなんだ」

「じゃあ、ホントにあたしを嫌ってない？」

ジニーの問い掛《か》けに、ウニャウニャと何度も頭を縦に振って頷く猫精霊。

その様子に、ジニーは少し安心したようにホッとしている。

「そう、猫《ねこ》精霊にはそういう事情があったのね。それなら、次にまた別の火の中級精霊を召喚《しょうかん》しても結局同じ事になりそうね」

ヒビキの指摘《してき》にジニーが、どうしようもないじゃん、といった表情をしている。

「だから、できればコイツが居る間に契約させてやりたいが……」

今は、ジニーに負担を掛けることはできないだろう。

「今日は、あたし家に帰る」

「私が送っていくわ。それにリアさんにもちゃんと説明しないとね」

ヒビキがジニーのお送り迎《むか》えと保護者のリア婆《ばあ》さんへの説明を請《う》け負ってくれる。

その際、猫精霊は、ジニーと一緒に居たそうにする。

だが、一緒に居ると嫉妬した他の火精霊がうるさいと悩《なや》む素振《そぶ》りを見せて、猫精霊はレスカの牧場に残ることにした。

「ばいばい。また来るね」

そうしてジニーと離《はな》れて、寂《さび》しそうに窓の外を眺《なが》める猫精霊。

ペロとチェルナは、そんな猫精霊を励《はげ》まし、俺とレスカもそんな猫精霊の縞《しま》トラ柄《がら》の背中を眺めるのだった。

ジニーをリア婆さんの元まで送り届けた後、俺とレスカ、ヒビキは、どうやってジニーと猫精霊との契約を成功させるか、という方法を調べた。

「叔父《おじ》の本には、魔物関係の書物が多いので、あまり役に立てなくてすみません」

「うーん、精霊に妨害される状況《じょうきょう》での契約方法……。私が結界を張って、その中で契約するとか、って言うか、精霊ってどこにでもいるから防ぎようがないわねぇ」

レスカとヒビキが悩む中、俺が考えた答えは——

「猫精霊の威嚇は、俺の使う《錬魔》と似た働きがあると思う」

「つまり、どういうこと？」

「ジニーに、猫精霊の威嚇で契約の魔法陣が壊されないほどの魔力制御《せいぎょ》ができれば、あるいは……」

「そんなの一朝一夕《いっちょういっせき》でできることじゃないわよ～」

俺の出した方法にヒビキが頭を抱えて否定する。

俺も、そうだよなぁと溜息《ためいき》を吐《は》き出す。

鍛錬《たんれん》を始めて二ヶ月のジニーは、《錬魔》を受けても魔法陣が壊されない魔力制御に到《とう》達《たっ》していない。

「私は、魔力制御とかよく分からないんですが、それはどれくらい難しいんですか？」

レスカの質問に俺は、腕を組んで悩む。

俺の場合は、養父に拾われた五歳から今まで地道な身体強化の鍛錬の一環《いっかん》として続けてきた。

「俺と同等とは言わないが、短くて三年から五年地道にやる訓練だな」

「そんなの、やっぱり今すぐなんてできないじゃない！　――いや、待って！」

俺の話を聞いて、無理だと感じたヒビキが泣き言を言うが、すぐに何か閃《ひらめ》く。

「そうよ。質でダメなら量でやるのよ！　魔法陣の展開に使う魔力を増やせばその分、壊れにくくなるわ！」

「だが、ジニーの全魔力を使っても壊れない強度になるか？」

ジニーの魔力量を正確に測ったわけではないが、一般《いっぱん》人よりやや多い程度だろう。

身体強化の魔法で例を上げれば、使用する魔力量に応じて、その強度や性能が増す。

それと同じで契約の魔法陣に使う魔力が大きければ、その分壊れにくくなる。

「例えば、私の【極大魔力】を魔法の触媒《しょくばい》に貯《た》めて、ジニーちゃんの契約魔法の時に使わせれば、ってその大容量の魔法の触媒がないんだし！　そもそもそんな大きな魔力をジニーちゃんの魔力制御で操《あやつ》ることができないじゃない！」

自分で考えた方法に自分で穴を見つけて、自分で却下《きやつか》するヒビキ。

うがぁぁあっ、と珍《めずら》しく頭を悩ませて吠《ほ》えるヒビキは、そのままテーブルに突《つ》っ伏《ぷ》す。

「ううっ、レスカちゃ～ん。無力なお姉さんを慰《なぐさ》めてぇ～」

「あははは、ヒビキさん。大丈夫《だいじようぶ》ですよ、きっと上手《うま》くいきます」

レスカの胸に顔を埋《うず》めるヒビキは、レスカに頭を撫でられ、軽く髪《かみ》を梳《す》かれる。

そして、俺も立ち上がりレスカの背後に回ると、レスカの頭を撫でる。

「な、なんで！　私の頭を撫でるんだ！」

「いや、つい……」

「ついじゃないですよ！　コータスさん！」

レスカも色々と考えてくれたし、手伝ってくれたので、頭を撫でた方が良いかな、と思ったが、怒《おこ》られてしまった。

そして、そんな俺たちの様子をレスカの胸に顔を埋めていたヒビキがニヤけた顔で見上げてくるのが、少しイラッとした。

「今日は、これくらいにしましょう。明日にはいい考えが浮かぶかも知れませんから」

そうしてレスカの提案でお開きとなる。

レスカは、眠《ねむ》たそうなチェルナを連れて、ペロと共に自室に戻る。

ヒビキは、頼《たの》まれていた革細《かわ》工への付与魔法《ふよまほう》を仕上げるために、もう少し作業をするらしい。

俺は、明日の牧場の手伝いをするために、大人しくベッドに入る。


そして翌日――

「結局、思いつかないな」

今日も空を見上げれば、曇《くも》り空が広がっている。

夜間に小雨が降ったのか牧草地が湿《しめ》っているので、足を滑《すべ》らせないように注意しながら、朝の仕事を行う。

マーゴは姿を現さないが、コマタンゴたちが湿気《しっけ》を含《ふく》む空気の中で生き生きと朝の牧場仕事を手伝ってくれている。

そして、今日もレスカの用意してくれた朝食を食べながら、本日の予定である他《ほか》の牧場の手伝いの内容を聞いていた。

「今日は、ヒビキさんにお手伝いのお願いがあるんです」

「俺やレスカではなく？」

俺は不思議そうに首を傾《かし》げながら、朝食のパンを千切《ちぎ》り、スープに浸《ひた》して食べる。

「どうやら、【炎熱《えんねつ》石】に補充《ほじゅう》するための火が欲《ほ》しいみたいです」

「ああ、そういうことか」

「えっ？　どういうこと？　ちょっと分かるようにお姉さんにも教えてくれない？」

俺とレスカは、【炎熱石】の特性を知っているが、異世界人のヒビキはまだそうした細かなことは知らないようだ。

【炎熱石】は、熱を溜《た》め込み、そして放出する性質があるのは覚えていますよね」

「ええ、湯屋に使われたり、あとは、魔物の孵化《ふか》にも利用されるわよね」

「そうです。大抵《たいてい》は【炎熱石】の消耗《しょうもう》より先に、蓄《たくわ》えられている熱量が放出されるんです」

「あー、なるほどね。私の魔法で【炎熱石】に熱を補充して欲しいのね」

大抵、熱量を放出し終えた炎熱石は、鍛冶《かじ》屋や調理場、炭焼き小屋などに置かれて、余《よ》剰《じょう》熱量を少しずつ吸収させて再利用される。

だが、本格的な雨季が間近に迫《せま》る中、悠長《ゆうちょう》に熱を溜めさせるより一度に片付けて備えたいのだろう。

「了解《りょうかい》したわ。あー、でもジニーちゃんも連れて行った方がいいかしら？」

「ジニーちゃんをですか？」

「ええ、最近は魔力制御も上達しているから自分の魔法が役立つ、ってことを感じさせたいのよ」

調理場の火程度だが、火魔法を安定させられるジニーへの手伝いをヒビキが提案する。

冒険者《ぼうけん》になれなくても、薬屋の他にもそうした特技を使った仕事があることを知るいい機会になるだろう。

「【炎熱石】の熱量補充の仕事に向かう前に、ジニーちゃんのところに寄りましょうか」

朝食を食べ終え、三人で家事などを協力して終える。

その際、牛舎の入り口を開け放ち、放牧したリスティーブルのルインに軽く出かけてくることを告げる。

「行ってくる」

『ヴモ～ッ』

天気が悪いが、それでも雨のない合間には、できるだけ運動させて少しでもストレスを溜めさせないように配慮《はいりょ》する。

そして、雨が降れば、開け放った牛舎の中にすぐに避難《ひなん》できるようにしておく。

「それじゃあ、行きましょうか。ペロ、チェルナ」

『『ワンッ！』』

『キュイ！』

レスカの呼び掛けに、ペロがチェルナを背に乗せたまま駆《か》け寄ってくる。

そして、その様子を微笑《ほほえ》ましそうに見つめながら俺たちは、【炎熱石】の熱量補充の手伝いに出かける。

「あっ、そうだ……」

朝の牧場の手伝いの忙《いそが》しさで忘れていたが、今朝はジニーが召喚した猫精霊《ねこせいれい》を見ていない。

「今日は、マーゴと猫精霊を見なかったな」

「そういえば、見てないですね」

俺の言葉に、レスカも同意する。

「マーゴは心配してないけど、猫精霊は、散歩に出てるんじゃない？　猫だし」

「雨季が近いんだ。火精霊が雨なんかに当たったら力を消耗するんじゃないのか？」

火精霊は、雨の中では活動が鈍《にぶ》り、実体化の魔力を余計に消耗する。

できれば、ジニーと契約《けいやく》するまで魔力を消耗することは控《ひか》えて欲しいと思い、ふと視線を感じて振《ふ》り返る。

『ニャァ～』

「付いてきてるな」

俺が振り返ると、俺たちの後に一定距離《きょり》で猫精霊が付いてくる。

「ホントに、付いてきますね」

俺やレスカ、ヒビキが振り返り、猫精霊を見ると、慌《あわ》てて建物の陰に隠《かく》れてこちらを覗《のぞ》いてくる。

チェルナを乗せたペロが捕《つか》まえようと駆け出すが、猫精霊は、空を駆けてペロの届かない建物の屋根に登り、こちらを見下ろしてくる。

『『キュゥン』』

「よしよし、連れてこられなくて残念だったね」

「大丈夫だ。あいつの距離感ってやつがあるだろうから無理に追わなくて良い」

俺とレスカは、猫精霊を連れてこられなくて、しょんぼりと頭を下げるペロの二つの頭を二人で撫《な》でる。

ペロは、賢《かしこ》い双頭《そうとう》の魔犬であるために、分かった、と言うように短く鳴き、再び歩き始める。

そして、しばらく町中を歩き、リア婆《ばあ》さんの薬屋に辿《たど》り着く。

「こんにちは、ジニーちゃん居ますか？」

「おや、全員揃《そろ》ってどうしたんだい？」

リア婆さんの薬屋の入り口から声を掛《か》けると、薬の調合中だったリア婆さんが顔を出す。

珍しそうに軽く目を見開き、俺たちを見回す中、レスカが用件を切り出す。

「実は私たち、【炎熱石】の熱量補充のお手伝いをお願いされているんです。それにジニーちゃんも手伝ってくれないか、と思いまして」

「ついでに、魔力制御《せいぎょ》の訓練も兼《か》ねて、と私が提案したんです」

レスカとヒビキの説明にリア婆さんが、なるほど、と頷《うなず》く。

「最近、ジニーは、薬の調合の際、火を魔法で生み出していたからねぇ。暴発させていた以前に比べれば、上達したってのが分かるとこっちも嬉《うれ》しくなるよ。それが人様の役に立つなら尚更《なおさら》さ」

ジニーの魔法が誰《だれ》かの役に立つことに、嬉しそうに笑うリア婆さん。

「さて、ジニーを呼ぶかね。ジニー、ちょっとこっちにきな！」

「ん？　お祖母《ばあ》ちゃん、どうした……って、レスカ姉ちゃんたち、どうしたの？」

「お仕事のお誘《さそ》いと――」

「魔力制御の訓練よ」

そう言って、ジニーに【炎熱石】の熱量補充の説明と手伝いを頼み、リア婆さんから預かり四人で仕事場へと向かう。

その移動の際、昨日の段階で俺たちが話し合った猫精霊との契約法をジニーに伝える。

ジニーが契約の魔法陣《まほうじん》を乱されない高い魔力制御を身に付ける、という即効性《そっこう》のない方法を聞いたジニーは——

「わかった。たとえ時間が掛かっても可能性があるなら、やる」

「もう、ジニーちゃん健気《けなげ》！　お姉さん、もう感動しちゃう！」

「うわっ!?　こら変態、くっつくなぁ！」

移動中、ヒビキがジニーにじゃれ合い、罵倒《ばとう》されているのを見て、相変わらずだな、と思ってしまう。

その際——

『ニャニャニャッ……』

たとえ、知性を持つ中級精霊であっても火精霊だ。

周囲の無数に存在する火精霊に妨害《ぼうがい》されているさなかに、目の前で楽しそうに触《ふ》れ合っているヒビキを見ていると、やはり嫉妬《しっと》の感情があるのだろう。

猫精霊の前足に魔力が集中するのを感じ、虚空《こくう》に向かって猫パンチを放つ。

俺たちには見えない何かに当たり、魔力が霧散《むさん》するのを感じる。

あれは、実体のない火精霊たちに八つ当たりしながら、追い払《はら》っているのだろうか。

見ている分には、ただの猫が見えない何かとじゃれているように見えるが、当の猫精霊は、鬱憤《うっぷん》を晴らすように真剣《しんけん》だ。

「コータスさん、そろそろ着きますよ」

「ああ、そうか。そう言えば、【炎熱石】の熱量補充には、ジニーとヒビキの火魔法が必要だが、俺とレスカは何を手伝えば良いんだ？」

「私とコータスさんは、炎熱石や井戸水《いどみず》を運びましょうか」

そう言って案内されたのは、大きな調理場だ。

「ここでお鍋《なべ》にお湯を沸《わ》かしてその中で【炎熱石】が赤くなるまで煮《に》るんです」

「えっ？　私、てっきり熱量補充だから、直火《じかび》で焼くのかと思っていたわ。意外と面倒《めんどう》なのね」

【炎熱石】は、サラマンダーの口腔《こうこう》内から採れる魔力が凝縮《ぎょうしゅく》した魔法の触媒《しょくばい》だが、物質としては、炎《ほのお》を直接当てて耐《た》えられるほど強くない。

そのために、熱量の補充方法としては、お湯で煮たり、鍛冶場や調理場の熱いところに置いておく、もしくは炎天下《えんてんか》の野外に放置しておくなどがある。

「こうした、熱量を放出し切った灰色の【炎熱石】を回収して、お湯で煮て、赤くなったら引きあげるのが今日のお仕事です」

「それじゃあ、この調理場は……」

「凄《すご》い、暑くなります。なのでしっかり水分補給をして全部に熱量が補充されるように頑《がん》張《ば》りましょう！」

そうして始まるのは、唐突《とうとつ》な蒸し風呂《ぶろ》状態の調理場での我慢《がまん》大会であった。

●

牧場町の共同調理場に水を張った大鍋を用意し、その中に辺境の牧場町で集められた灰色の【炎熱石《えんねつせき》】が大量に沈《しず》められている。

「ひぃ、暑い、蒸し暑い。まさか、こんな仕事だったなんて……もっと、楽かと思ってた」

「はぁ、はぁ、ヒビキ姉ちゃん。大丈夫《だいじょうぶ》？」

調理場のかまどの前に座り、手を翳《かざ》して魔法の炎を生み出す、ジニーとヒビキ。

ジニーは、珍《めずら》しく大きめの炎を安定してかまどの中に生み出し、その上に乗せられた大鍋に張られたお湯を沸かしている。

ヒビキは、ジニーよりも一回り強い火力でお湯を沸かしているので、早くも鍋の中の灰色の【炎熱石】が色付き始める。

「……これは、辛《つら》いな。というか、誰もやりたくないんじゃないか？」

「あははは……大体が、自警団の人たちの我慢大会で使われるんです。ただ、今年は、熱量補充《ほじゆう》のための薪《まき》が勿体《もったい》ないので、魔法を使えるヒビキさんに頼《たよ》ろう、ってことになったらしいです」

それはなんとも……と思いながら、俺とレスカは、裏方の仕事に回る。

俺は、次に沸かす大鍋に水を汲《く》んで準備をして、レスカが集められた灰色の【炎熱石】をサイズ毎《ごと》に仕分ける。

大鍋で温める際、サイズがバラバラだと、温める時間も違《ちが》うのでサイズを揃えてなるべく同じ時間に熱量補充が完了《かんりよう》するようにする。

「ねぇ、レスカちゃん。これってどれくらいやるの？」

「えっと……大鍋一個が三十分くらい時間が掛かるので、一時間半くらいでしょうか」

そう言って早速《さつそく》、蒸気で暑くなり始めた調理場で、ジニーとヒビキが絶句する。

「あっ、大丈夫ですよ！　お昼前に終わりますから！」

「むしろ、一時間以上もこの蒸気の立ち込める調理場に居続けるのは辛いだろ」

我慢大会ならいざ知らず、年頃《としごろ》の少女たちがこんなところに居続けたら、倒《たお》れてしまう。それに、まだ【炎熱石】の熱量補充を始めたばかりである。

これから熱気と蒸気が増していくはずだ。

「それでも、暑いわよ……でも、これってミストサウナ状態ね。きっといい汗《あせ》を掻《か》いて美容と健康には良いわよね」

「無《む》駄《だ》に、ポジティブだな」

一応、レスカが気を利《き》かせて、湯冷ましした水と塩、砂糖、トレント牧場で採れた柑橘《かんきつ》類《るい》を混ぜた飲み物を用意している。

危なくなったら、すぐに中断して、涼《すず》しい場所に移動させるつもりだ。

「ところでジニーちゃん。今日は、結構大きな炎を生み出してるみたいだけど大丈夫？」

「う、うん。なんか、今日は調子が良いみたい。すごく、やりやすい」

「そう？　でも、調子に乗って魔力が枯《こ》渇《かつ》したりすると危ないから自分自身の魔力を感じながらやるのよ」

暑さで乱れそうな魔力制御を維持《いじ》しながら、火魔法を使うジニーだが、普段《ふだん》より上手《うま》く魔法が使えるのか、本当に調子が良さそうだ。

「それじゃあ、俺は、水を汲んでくる」

「あっ、コータス！　私の大鍋のお湯の蒸発《じょうはつ》が早いから継《つ》ぎ足しの水を持ってきて！」

「わかった」

ジニーよりヒビキの方が強い火力で大鍋を温めているので【炎熱石】の色付きが良い。

だが、大鍋から立ち上る湯気の量も多いので、その分の水分の減りが速いようだ。

俺は、この調理場の外に備え付けられている井戸から水を汲み、運ぶ。

その際、暑いのを嫌《いや》がったペロとチェルナ、猫精霊《ねこせいれい》が建物の外で待っている。

ちらりと見れば、猫精霊は、やはり魔力《まりょく》の籠《こ》もった前足を虚空に向かって、猫パンチしている。

「やっぱり、猫精霊がジニーの周りにいる火精霊を抑《おさ》えているから、調子がいいのか？」

火精霊が嫉妬して、妨害するのを猫精霊が抑えてくれるから、本来の【火魔法】の加護を扱《あつか》えるのかもしれない。

だが、そんなに魔力を込《こ》めた猫パンチを放つと、実体化のために必要な魔力が早くに尽《つ》きるのではないか、と考えてしまう。

「要注意、だな」

俺は、そう呟《つぶや》き、調理場の屋内に水を持って入っていく。

「コータスさん、お帰りなさい」

「レスカ。水を持ってきた。それから俺は他《ほか》に何をすれば良いんだ？」

「えっと、コータスさんには、また水を汲んでもらうお仕事がありますので、それまで待っていただけたらと思います」

早速、ヒビキの大鍋の【炎熱石】が熱量を補充し終えたのか、レスカが大鍋から真っ赤に変わった【炎熱石】を引き上げ、ボロ布で水気を拭《ふ》いて、熱量が拡散しない特殊《とくしゅ》な運搬《うんぱん》用の箱の中に収めていく。

「俺も手伝おう」

「えっ⁉ コータスさんは、涼しいところで休んでいてもいいんですよ」

「いや、二人でやった方が早くに終わる」

レスカは知識が必要な仕分けの仕事。

俺は、【炎熱石】の運搬や大鍋から引き上げた後の水気の拭き取り、空いた大鍋には、レスカが大きさを揃《そろ》えた灰色の【炎熱石】を入れていき、大鍋に蒸気で減った分の水を足す。

そうして蒸気の充満《じゅうまん》した共同調理場では、全員で協力して灰色の【炎熱石】の熱量補充を行った。

「ふう、終わったわ。これで全部かしら」

「これだけあれば、雨季の熱量は確保できますね。ジニーちゃんは、大丈夫ですか？」

「はぁ、はぁ、大丈夫」

この調理場で作業していた全員が玉のような汗を掻き、肩《かた》で息をしている。

「あー暑い！　こんなことなら見栄《みば》えを気にしてマントや帽子《ぼうし》なんて着てくるんじゃなかった！」

「だが、火を扱うなら、厚手の衣服は欲《ほ》しいだろ」

「だからって暑すぎよ！　もう、脱《ぬ》ぐわ！」

ヒビキは火を止めて、窓や扉《とびら》を全開にした調理場で帽子やマント、服の上着を脱ぐ。

また、それに留《とど》まらず白いシャツのボタンを外し、手で首元に風を送り、チェックのスカートを摘《つ》まんで、扇《あお》ぐように風を送る。

「ヒ、ヒビキさん⁉　コータスさんが居るんですよ！」

極々《ごくごく》自然なヒビキの行動に、レスカがヒビキを注意する。

「あはは、レスカちゃん。今はちょっと許して欲しいわ。流石《さすが》に、汗を沢山《たくさん》掻いちゃった」

「だ、だからって！　それにシャツ透《す》けてますよ！　ハンカチで拭きましょうよ！　風邪《かぜ》引きますし！」

レスカに指摘《してき》されて、ヒビキはレスカからプレゼントされたエルフ絹のハンカチを取り出し、首筋を拭《ぬぐ》う。

その際、俺はヒビキの手の動きを目で追い、ヒビキの真っ白なシャツが汗で透けて、下着の色が微《かす》かに分かる。

それを見たレスカは――

「コータスさんは、見るな！」

慌《あわ》てた時の荒《あら》い口調になったレスカが俺に詰《つ》め寄り、ヒビキとの視界を遮《さえぎ》る。

その際、正面に立つレスカの胸元《むなもと》を見てしまう。

「な、なんですか？　どうしたんで……」

首筋から鎖骨《さこつ》、そして胸元に流れて、胸の谷間で僅《わず》かに溜《た》まる汗を見る。

「んっ？　なっ⁉　私も、見るな！」

慌てて視線を逸《そ》らすが遅《おそ》く、俺がどこを見ていたのか、レスカに気づかれてしまった。

そのまま、自分の胸を隠《かく》すように両腕《りょううで》で体を抱《だ》き締《し》めるレスカと俺は、互《たが》いに顔を赤くして逸らす。

「悪かった。男の俺がここにいると不都合だから、先に出る」

俺は、レスカたちから逃《に》げるように共同調理場から外に出る。

その際、外気を浴びて、内外との温度差にスッと汗が引く気がした。

そんな俺を見つけたペロとチェルナも近寄ってくるが、流石に大量の汗を掻いている状態の俺には、飛びついてこない様子で微妙《びみょう》に距離感《きょりかん》がある。

「ふぅ、これで終わりか」

【炎熱石】の熱量補充が終わり、運搬用の箱に詰められた【炎熱石】を引き渡《わた》せば、牧場町で必要な場所に分配してくれるはずだ。

『ニャァ……』

「お前、ずっと他の火精霊を追い払《はら》っていたのか？」

どこか疲《つか》れたような猫精霊に尋《たず》ねれば、頷《うなず》くように頭を下げる。

「魔力の使いすぎには注意しろよ。ジニーと契約《けいやく》する前に、実体化が維持できずに精霊界に戻《もど》ることになるぞ」

『……ニャッ』

俺の言葉に、どこか妙《みょう》な間があった。

「ううっ……コータスさん、先程《さきほど》は失礼しました」

「いや、俺も不躾《ぶしつけ》だった」

俺とレスカは、互いに顔をほんのり赤くして頭を下げる中、蒸し暑い調理場からジニーとヒビキが出てくる。

「熱量補充で沸かしたお湯でハンカチ濡《ぬ》らして汗を拭いたから、ちょっとさっぱりしたわ」

「でも、やっぱり、まだ気持ち悪い。あたしは、お風呂に入りたい」

レスカたちは、濡らしたハンカチでとりあえず汗を拭ったようだ。

それでも汗で濡れた衣服であるために、この後は、今日の仕事を切り上げて、湯屋で汗を洗い流し着替《きが》える予定だ。

「それでは、一度着替えを取りに帰りましょうか」

そうして、歩き出すレスカに俺やジニー、ヒビキが付いていく。

その際、ペロとチェルナもピッタリとレスカの傍《そば》に並んで歩き、猫精霊もジニーから微妙な距離を取りつつ付いてくる。

だが、少し歩き始めて、ポテッと何かが倒れる音に俺とジニーが振《ふ》り返る。

「なんだ？　って、猫精霊！」

「えっ!?　なに、どうしたの!?」

振り返った先には、倒れた猫精霊の体が徐々《じょじょ》に透け始め、体が揺《ゆ》らめき始める。

そして、反射的に駆《か》け寄るジニーが猫精霊に近づいた瞬間《しゅんかん》――

『『――――――ッ!?』』

「きゃっ!?」

「「ジニー（ちゃん）！」」

ジニーの目の前で炎《ほのお》が噴《ふ》き出し、その中には、無数の火精霊の影《かげ》が見える。

それは、ジニーが精霊召喚《しょうかん》の際に見せた魔力の炎の中に映った影と似ている。

そんな火精霊の炎がジニーと猫精霊との接触《せっしょく》を妨害《ぼうがい》する。

「な、なんで邪魔《じゃま》する！　倒《たお》れているのに！」

ジニーの視界を遮るように湧《わ》き出す半実体化した火精霊の影に、俺が駆け出す。

「ジニー、俺が散らす！　――《練魔《れんま》》！」

圧縮木刀に高密度の魔力を纏《まと》い、振り抜《ぬ》くことで魔力の炎の一部を散らす。

だが、魔力の炎は、すぐさま穴を塞《ふさ》ぎ、俺の方にも炎の手を伸《の》ばして右腕《みぎうで》を掴《つか》む。

「ぐっ!?」

「――《水》！」

俺は、咄嗟《とっさ》に離《はな》れるが、火精霊の炎が腕に纏わり付いている。

ヒビキが咄嗟に水を生み出し、火精霊の炎を鎮火《ちんか》するが、右腕に火傷《やけど》を負う。

「コータスさん！　大丈夫《だいじょうぶ》ですか!?」

「平気だ。すぐに治る」

俺を心配したレスカが駆け寄り尋ねてくる。

その際、荒々《あらあら》しい火精霊の炎を見たレスカは――

「なんでしょう。凄《すご》い、怒《おこ》っているような感じがします」

レスカの言葉を聞いたジニーは、自力で不安定な半実体化した火精霊の影から一歩下がるが、追い縋《すが》るように炎の手が伸びる。

「熱い……って、熱くない？」

「ジニーちゃんは、【火精霊の愛《いと》し子】だから、傷つけるつもりはないのかしら。でも、このままだと猫精霊が消えるわよ」

今日、ジニーの調子が良かったのは、猫精霊が魔力を使って火精霊たちを抑えていたからだろう。

だが、その分、実体化のための魔力を消耗《しょうもう》して今にも消えそうになっている。

実体化の優位性を失い、他の火精霊の嫉妬《しっと》による妨害が始まったようだ。

まるで、愛し子の独占《どくせん》を許さないとばかりに、ジニーと猫精霊との接触を妨害してくる。

「ジニーちゃん、危ないですよ！　なにが起こるかわかりません！」

レスカの言葉にジニーは、腕を掴む火精霊の炎を見つめる。

何か行動を起こせば、余計に悪い方向に進みかねない。

だから、ここは、慎重《しんちょう》に——とは、ならなかった。

「毎回、毎回、あたしの邪魔ばかりして——火精霊《せいれい》なんて、大っ嫌《きら》いだ！」

——拒絶《きょぜつ》の一言。

魔力《まりょく》もなにも籠《こ》もっていない女の子の言葉で一瞬《いっしゅん》にして半実体化した火精霊の炎が霧散《むさん》する。

「なにが……起こったんだ」

一瞬の出来事に理解できない俺やレスカ、ヒビキは、ただ見守るだけだった。

そして、当のジニーも自分の言葉が引き起こしたことに理解できず、唖然《あぜん》とするが、すぐにハッとして猫《ねこ》精霊に駆け寄る。

「大丈夫……触《さわ》れる」

今までのように猫精霊が威嚇《いかく》することも、他の火精霊が妨害することもなく、薄《うす》くなる猫精霊を抱《だ》き上げ、俺たちの方に戻ってくる。

「コータス兄ちゃん、レスカ姉ちゃん、ヒビキ姉ちゃん、この子、どうすれば……」

泣きそうになりながらも俺たちに尋ねる。

猫精霊に足りないのは、実体化のための魔力。

そして、今は、契約を妨害していた他の火精霊たちが掻《か》き消えた。

「ジニーちゃん、今です！　今なら契約できます！」

レスカの言葉に、そのことに気づいたジニーが契約の魔法陣《まほうじん》の浮《う》かんだ右手を半透明《はんとうめい》になった猫精霊に翳《かざ》す。

「受け入れて――《仮契約》」

仮契約の魔法陣が猫精霊に吸い込まれ、両者の間に魔力の繋《つな》がりが生まれる。

そして、ジニーの体から猫精霊に対して魔力が供給され、実体化の魔力不足が解消され、再び体が色付き始める。

「災《わざわ》い転じて、福と為《な》す。かしらね」

ヒビキの故郷のことわざだろうか、それを呟《つぶや》き、魔力の不足でふらつくジニーを支える。

とりあえず、今は帰って色々と話を整理しよう。

二章　左遷騎士《させんきし》と川の氾濫《はんらん》

【炎熱石《えんねつせき》】の熱量補充《ほじゅう》の手伝いを終えた帰りに、抑圧《よくあつ》された火精霊が暴走を起こした。

不安定な半実体化した火精霊が暴走し、魔力の炎を噴き上げる中、ジニーの拒絶の言葉が火精霊の炎を掻き消す。

また、その隙《すき》を突《つ》いて消えかけていた猫精霊と《仮契約》を結ぶことができた。

その後、一度湯屋で汗《あせ》を流して、着替えてからレスカの牧場に集まる。

「コータスさん、大丈夫ですか？」

「大丈夫だ、一応もう薄皮《うすかわ》は張っている」

俺は、迂闊《うかつ》に暴走した火精霊の炎に触《ふ》れた結果、炎の腕に摑《つか》まれ、火傷を負ってしまった。

「無茶しないで下さいね」

火傷を負った右腕は、高い再生能力を持つ【頑健《がんけん》】の加護によって、薄皮が張るくらいまで治っている。

　それでも心配したレスカによって、俺の右腕には、火傷に効く塗《ぬ》り薬が丁寧《ていねい》に擦《す》り込まれ、包帯が巻かれていく。

「コータス兄ちゃん、ごめんなさい」

『ニャァ～』

　俺に申し訳なさそうな表情で謝るジニーと猫精霊。

「気にするな」

「でも！」

　確かにジニーの【火精霊の愛し子】によって火精霊から向けられる好意が、嫉妬や憎悪《ぞうお》に変わり、暴発したのが原因かもしれない。

　それを予測することは、困難であるし、不用意に触れた俺も悪い。

　だが、それよりも——

「ジニー」

「は、はい！」

「火精霊との契約、おめでとう。これで精霊魔法使いだな」

　俺の言葉に、呆気《あっけ》に取られたジニーは、瞬《まばた》きを繰《く》り返す。

　ジニーが顔を顰《しか》めたかと思うと、目元に涙《なみだ》が溜《た》まり、そして大きな声で泣き始めた。

「うぇぇぇぇん！」

「ど、どうした、ジニー」

「ひっ、コータス兄ちゃ、が、優《やさ》しすぎて、うぇぇぇぇん！」

俺の腕の包帯を巻き終えたレスカがジニーを抱《だ》き締《し》め、優しく頭を撫《な》でる。

「大丈夫ですよ、ジニーちゃん」

ズビズビと鼻を鳴らし、泣き続けるジニーに俺と猫精霊は、困ったような表情になる。

「レスカ姉ちゃん……コータス兄ちゃんが、優しすぎる……」

「そうですね。コータスさんは、優しすぎますね」

優しすぎるつもりはないが、何がジニーの琴線《きんせん》に触れたのか分からず、オロオロする。

「ふふっ、コータスさん、困ってますね」

「今のジニーに、どう接したらいいか、分からない」

そう答えると、レスカに抱き締められて少しだけ落ち着いたのかジニーは、ひっく、ひっくと嗚咽《おえつ》を漏《も》らしている。

「多分、ジニーちゃんは、自分が情けなかったんだと思いますよ」

「情けない？　暴走した火精霊と対峙《たいじ》して一歩も引かなかったのに？」

「自分の身近な人が自分の所為《せい》で傷ついたんです。それでも、優しくされちゃったら、やっぱり、情けないですよ」

そう言われて、ジニーが何に対して泣いているのか理解し、今度は自分自身を恥《は》じた。

俺が迂闊にも火精霊の炎に触れたばかりに、ジニーの心に負担を掛《か》けてしまった。

言わば、いらない怪我《けが》をして心配させてしまったのだ。

「はぁ……騎士の仕事は、難しいな」

人々の生活と安寧《あんねい》を守るのが仕事だが、身近な女の子一人の心も満足に守れない。

自分が身を挺《てい》して庇《かば》って俺が傷ついたら、庇われた側の心に傷が付く。

理想は、誰《だれ》かを助けて自分も怪我を負わない。

やっぱり、騎士は難しいと感じる。

そして、しばらくレスカとジニーの様子を見守ると、ジニーの嗚咽が止まり、目元も泣き腫《は》らして赤くなっているが、涙は止まった。

それでも、恥ずかしさからレスカの陰に隠《かく》れるようにジニーがレスカにくっついている。

「あらあら、ジニーちゃんの泣き声を聞いて見に来てみれば、落ち着いたようね」

ヒビキは、屋内でのラフな格好に着替《きが》え、愛用のメガネを掛けて手には、魔力で生み出した【賢者《けんじゃ》の書庫】の本がある。

「ジニーちゃんの気持ちは、私もよく分かるわ」

「……ヒビキ姉ちゃん」

「できれば、私がコータスの火傷《やけど》を肩代《かたが》わりしたい、っていう気持ちもあるわ」

ヒビキの言葉に。ジニーが感動するように見つめる。

だが、それも一瞬だけだった。

「そう、私が傷を負ったら！　その傷の責任として、ジニーちゃんと結婚《けっこん》できるから！」

「…………」

ジニーには、言葉はなく、尊敬の視線は一瞬で、ゴミを見るような視線に変わる。

「変質者、お願いだから黙《だま》って」

「ああ、ついでに、コータスが負った傷の責任として、ジニーちゃんとコータスの結婚は、認めませんよ！　お姉さんが面白《おもしろ》くないから」

お前の基準は全部、面白いか、面白くないか、なのかと内心ツッコミを入れる。

俺の場合は、【頑健】の加護で傷など綺麗《きれい》に治るので、そんな責任は必要ない。

「そう考えると、アラドさんやマーゴの時にコータスさんが沢山怪我《たくさんけが》を負いましたから、私が責任をとって、け、け、結婚を！」

「レスカ、そこまで重く考える必要はないぞ」

レスカは、単なる冗談《じょうだん》とは受け取らずに狼狽《うろた》えるので、落ち着かせる。

「ヒビキの冗談は置いておくとして、色々と相談するべきじゃないのか？」

「ほんと、コータスは、こういうことには性急よね。まぁ、これに関してはじっくりとジニーちゃんと話し合わなきゃね」

そう言って、文句を言いつつも全員が食堂のテーブルに座り、話を聞く。

「それじゃあ、私からも改めて、ジニーちゃんは、中級の火精霊との《仮契約《けいやく》》おめでとう」

「ありがとう、ヒビキ姉ちゃん」

ヒビキの言葉を、一度泣いたジニーは、今度こそ素直《すなお》に受け取ることができた。

「色々とあの場の契約での出来事について、疑問は残ると思うのよ。なんで火精霊たちが掻き消えたのか、とか今になって契約ができたのか。私なりに考えてみたの」

そのことについて、確かに疑問が残ったために俺たちは頷《うなず》き、ヒビキの考えに耳を傾《かたむ》ける。

「簡単に言えば、ジニーちゃんが邪魔《じゃま》する火精霊たちを明確に拒否《きょひ》したからじゃないかと私は思うの」

「そんな……ことでか？」

「世の中、案外そんなこと、ってものが一つの方法だったりするのよ」

確かに、ジニーが火精霊《せいれい》との適性があることや火精霊の嫉妬《しっと》によって魔法が暴発していた事実を知ったのは、つい最近の出来事だ。

そして、ジニーは、自身の目標である冒険者《ぼうけん》になるために、鍛錬《たんれん》や魔法の訓練、精霊との交信などを習熟していた。

その最中には、弱音などを飲み込み、火精霊に歩み寄ろうという姿勢が見えた。

だが、今までの妨害《ぼうがい》された鬱屈《うっくつ》とした思いが爆発《ばくはつ》したのか、初めて【火精霊の愛《いと》し子】のジニーが火精霊を拒絶《きょぜつ》するような言葉を発した。

それにより邪魔をする火精霊たちが一気に引き、無事に猫精霊と契約することができた。

「じゃあ、あたしには、もう火精霊は寄ってこないの？　嫌《きら》われちゃった？」

不安そうにするジニーだが、大丈夫《だいじょうぶ》だと言うように猫《ねこ》精霊が甘えるように体を擦《こす》り付ける様子を見て、レスカが予想を口にする。

「それは、大丈夫じゃないでしょうか？」

「レスカ姉ちゃん、どうして？」

「精霊は、目に見えないだけで至るところに居ると言いますし、ジニーちゃんの傍《そば》にいた火精霊は極《ごく》一部ですから……」

「また、落ち着いたら近寄ってくるのか？」

俺の言葉にレスカが、そうだと思いますと苦笑いを浮《う》かべる。

そして、猫精霊もそれを思ったのか、ウニャッと頷きながら憂鬱《ゆううつ》そうに溜息《ためいき》を吐《は》き出している。

「さて、無事にジニーが火の中級精霊と契約できたことで今後の方針について話し会おうと思う」

冒険者としての知識と剣術《けんじゅつ》の基礎《きそ》を教えている俺と魔法使《まほうつか》いの師のヒビキは、以前からジニーにはどのように教えればいいか相談していた。

その中で、無事に精霊と契約できた後の計画について、ヒビキがジニーに説明する。

「前から言っている通り、精霊魔法に関しては、私もコータスも専門外だから教えることはできないわ」

「う、うん」

「だから、ジニーちゃんは、今後、契約した猫精霊とよく対話する必要があるわ」

対話ってどうやって？　と人間の言葉を話せない猫精霊をジニーが見つめ、小首を傾《かし》げる。

だが、猫精霊にも知性はある。

首振《ふ》りで『はい』と『いいえ』ということを理解できるはずだ。

そこから繰り返し、地道に対話を行ってもらうしかない。

「まぁ精霊と契約できて、他《ほか》の火精霊の妨害をその猫精霊が抑《おさ》えてくれるから、後は私に火魔法を教わるってのも一つの選択肢《せんたくし》かしら」

『ニャニャッ⁉』

冗談っぽく言うヒビキに対して、猫精霊は、契約したのに自分の役割はそれだけ！　とでも言いたげな驚《おどろ》き方をして、すぐにヒビキが、ごめんごめんと謝る。

「まぁ、しばらくは猫精霊に名前でも付けて、対話してね。あとは、何か話すことはあるかしら」

そんなヒビキの説明に俺からは話すことがないと、首を横に振る。

だが、レスカは、話したいことがあるようで小さく手を上げる。

「あの……今は雨季のなり始めですけど、嵐《あらし》などの雨が強い時の鍛錬はどうするんですか？」

「そうか、それを考えていなかったな」

俺やレスカは、牧場仕事をするので、晴れや雨でも関係ない。

身体的な鍛錬は、雨具を着て、雨の日は雨の日なりの歩き方や滑《すべ》りやすさなどを教えることができ、室内でもできる運動なども教えることができる。

また、いつもより運動の比重は減らし、座学や魔法の講義を中心にすることができる。

だが、それは、雨が弱い時だ。

「雨季は、雨が強い時は、外出は危ないですし、なにより牧場仕事とか町の防災対策でコータスさんが動く必要があるかもしれませんよ」

「なるほど、それならこの時期の鍛錬は基本中止の方がいいな」

「そんな！　コータス兄ちゃん！」

ジニーが抗議《こうぎ》の声を上げるが、その後、俺とレスカが宥《なだ》めた後、俺とヒビキがリア婆《ばあ》さんの薬屋まで送り届け、成り行きではあるが猫精霊と契約できたことを説明した。

●

いよいよ、本格的に雨季が始まり、激しい雨が降る。

俺は、一人雨具を身に着け、辺境の牧場町を見回りしている。

「まさか、ジニーがあそこまでごねるとは――」

中級の火精霊と契約したジニーだが、この雨季の激しい雨の中で外出を控《ひか》えさせるために、基本的に鍛錬は中止とした。

鍛錬を中止と言っても日常的な習慣として、精霊との対話や魔力制御《せいぎょ》、室内でできる軽い柔軟《じゅうなん》運動などの地味な自己鍛錬を申しつけた。

それに対してリア婆さんは喜び、これを機にジニーの薬師《くすし》としての勉強を進めようとしていた。

だが――

『雨季の間、鍛錬しないと体が鈍《なま》りそう。だから、中止にしないで、お願い。ヒビキお姉ちゃん』

『ヒビキお姉ちゃん、ですって！　ふふっ、お姉さんに任せなさい！　それで、コータス、どうにかならない？』

ジニーに上目《うわめ》遣《づか》いで懇願《こんがん》され、ヒビキが速攻でジニーの味方になってしまう。

だが、俺の答えは固い。

『ジニーの安全のためだ。嵐の中を鍛錬の日だから、って理由で外出してきたら、流石《さすが》に危ないだろ。そもそもリア婆さんが許さないだろ』

俺の言葉に、今度は、ジニーがリア婆さんに頼《たの》む。

『お祖母《ばあ》ちゃん』

『……ダメだよ。二人は、好意であんたに色々と教えてくれているんだ。なら、その通りに従いなさい』

きっぱりと言うリア婆さんにジニーは、しゅんと気落ちして猫精霊が前足をポンと太ももに乗せて慰《なぐさ》める。

その様子を見たリア婆さんは、溜息を吐《つ》いて、妥協《だきょう》をする。

『はぁ、全く……仕方がないねぇ』

『リア婆さん、そう言われても困るんだが……』

『なにも、雨季の鍛錬をこれまで通りしてくれ、って訳じゃないさ。ただ、天候を見て、あたしが行っていいか判断する。その時だけジニーの面倒《めんどう》を見ておくれ』

そう言われた俺も、それならと納得《なっとく》する。

ただ、他にも幾《いく》つか条件を決める。

鍛錬の日は、これまで通りだが、リア婆さんの判断で雨風が激しい日は中止にさせる。

雨が弱くても、雨季の対応が忙《いそが》しい場合には、俺やレスカの判断でジニーの鍛錬を中止にするなどの条件を話し合った。

そして、その日から数日が経《た》ち、今日はジニーの鍛錬の日だ。

だが、激しい雨のため予想通り中止となった。

きっと今頃《いまごろ》は、リア婆さんに薬師の勉強でも仕込まれているんだろうな、と思いながら牧場町の見回りをする。

「おーい、左遷野郎《させんやろう》！　商人の荷馬車が泥濘《ぬかる》みに嵌《はま》ったから手伝え！」

「わかった！」

雨具を身に着け、牧場町を見回りしていた俺は、牧場町一番の牧場主の息子《むすこ》であるオリバーに呼ばれ、轍《わだち》に嵌った荷馬車を動かすのを手伝うために現場に向かう。

そこで見たのは話の通り、荷物を積んだ荷馬車が轍の泥濘みに嵌っている姿だ。

「これは、一度積み荷を下ろしてから動かした方が早いよな」

「そんなの分かってる。左遷野郎もさっさと手伝え」

俺の呟《つぶや》きに、オリバーが悪態を吐きながら、集まった自警団の人たちと一緒《いっしょ》に積み荷を一度下ろす。

荷馬車の積み荷が半分くらいになったところで自警団が荷馬車を後ろから押し、車輪の下に木の板を敷《し》いて、押し始める。

「うぉぉぉぉっ！」

「ぐぬぬぬぬっ！」

「ふぅ――《オーラ》！」

力自慢《ちからじまん》の男衆が顔を赤くして押す中で、俺は身体強化の魔法を使い、押していく。

少し持ち上がり、木の板の上に乗った車輪がそのまま動き、轍から抜《ぬ》け出すことができた。

「よし、動いたぞ。また、下ろした積み荷を載《の》せろ！」

そして、全員で協力し合った俺と自警団たちは、最後には出発が少し遅《おく》れた商人の荷馬車を見送る。

「よし、次の仕事行くぞ」

「それじゃあ俺は、町の見回りを」

「左遷野郎！　今は、見回りよりも先に必要なことがあるんだよ！　てめぇも手伝え！」

オリバーは、俺を毛嫌《けぎら》いしているが、根は真面目《まじめ》なために自警団に俺も加えて移動を始める。

その際、なんか大変だなと馴染《なじ》みの自警団たちに肩《かた》を叩《たた》かれ、その泥《どろ》に塗《まみ》れた掌《てのひら》が雨具に跡《あと》を残していた。

その汚れもこの後《よご》には、更《さら》に分からないくらいに汚れるが――

「よし、養殖場《ようしょく》の近くに土嚢《どのう》を積むぞ！」

「チッ、左遷野郎は、初めてだから、一から説明してやる！」

この牧場町は、町の西側に河川が流れている。

その形は、緩《ゆる》やかに波打っているが、こうした雨季で川の水量が増す時は、カーブしている部分に土嚢を積んで補強する必要がある。

そうしなければ、川が決壊《けっかい》した時に牧場町の西側は浸水《しんすい》してしまう可能性がある。

「俺がガキの頃《ころ》に一度、川が決壊して浸水した。その時、川の上流から流れてきた水棲《すいせい》魔物が町の中に入り込んだりした！　だから、これは欠かせねぇんだ！」

「だが、川からの水は完全には防げないんじゃないか？」

「そこは、ラックさんところのトレントたちに手伝ってもらうんだよ」

積まれた土嚢は、決壊しやすい場所を補強し、牧場町への浸水を防ぐためにある。

それでも染《し》み出る川の水などは、牧場町の南西にあるトレント牧場からトレントたちが出張して、余分な水分を吸い上げて、町への浸水の被害《ひがい》を抑えることができる。

「なるほど、わかった」

「よし、なら災害用に用意された土嚢を積み上げろ！　ただし絶対に危ない場所に近寄るな！　今は水量はそこまで多くないが、鉄砲水《てっぽうみず》で流されたら死ぬぞ！」

俺は、自然相手の危機感を改めて思い出し、オリバーの指示に従い土嚢の運搬《うんぱん》を手伝う。

土嚢は、農業に適さない土や砂などを頑丈《がんじょう》な麻袋《あさぶくろ》に詰《つ》め、一つ15キロほどにして口を縛《しば》り作られる。

自警団で土嚢を作る人、運搬する人、積み上げる人に分担して作業が行われる。

俺とオリバーは、一番大変で一番人数が必要な土嚢の運搬を手伝う。

土嚢を一つずつ運ぶ自警団たちに対して、オリバーは、両肩にそれぞれ一つずつ載せて運び、俺を見る時、勝ち誇《ほこ》った笑《え》みを浮《う》かべていた。

「なるほど。すまん、俺の肩にもオリバーと同じように載せてくれ」

「えっ⁉　あ、はい。わかりました」

左右の肩に土嚢を一つずつ載せたが、まだ余裕《よゆう》がある。

「もう一つずつ載せてくれ」

「えっ、あっ、はい」

更に左右の肩に土嚢が載る。

合計約60キロの土嚢を指示された場所に運ぶ。

「なるほど、腕《うで》の筋肉とバランス感覚が必要だな。これもこの時期の風物詩の鍛錬《たんれん》か」

そして、土嚢の運搬の際にオリバーとすれ違《ちが》い、驚《おどろ》いたように目を見開かれた。

「ぐぬぬっ、左遷野郎！　俺だって！」

指定された場所に土嚢を置き、再び新しい土嚢を運びに戻《もど》る。

そして、新たな土嚢を運ぶオリバーとすれ違う。再び辛《つら》そうながらも勝ち誇った笑みを浮かべて、左右合わせて5個の土嚢を肩に積んでいた。

「ふん。俺様の方が、上だぜ！」

「なるほど。オリバーもああやって鍛錬していたのか。なら、負けられないな」

俺が土嚢置き場に戻り、6個の土嚢を肩に載せて運ぶとまたもすれ違うオリバーが口を開けて驚く。

そうして、俺が土嚢を6個運ぶと、今度は、オリバーも土嚢を6個肩に載せて運ぶ。

これ以上の土嚢を載せても、身体強化の魔法《まほう》を使えば運べなくはない。

だが、流石にバランスが悪くなるし、鍛錬にならないので、オリバーと共に一度の運搬に6個ずつ土嚢を運び、作業をしていくスピードを上げる。

「この体力お化けの左遷野郎！　なんて運び方しやがるんだ！」

終わり際《ぎわ》に肩で息をするオリバーを見たが、やはりオリバーは真面目で責任感が強いな、と思いながら、自警団の次の仕事を尋《たず》ねるが――

「もうねぇよ！　帰れよ！」

何故《なぜ》か、オリバーに怒《おこ》られ、他《ほか》の自警団の面々がオリバーを宥《なだ》めに入る。

自警団の手伝いから解放された俺は、町の見回りの続きをする。

その途中《とちゅう》、雨の降る空を見上げれば、遠くの方の雲がより黒く厚く存在していた。

「もっと天気が荒《あ》れるかもな」

町の見回りを終える頃には、雨具の隙間《すきま》から水が入り、服やブーツの中は、ぐっしょりと湿《しめ》り、体の熱も奪《うば》われる。

早く帰ろうと思い、足早にレスカの牧場に帰る。

「コータスさん、おかえりなさい。雨具預かります」

「レスカ、すまない。それと着替《きが》えてくる」

「それならお湯も沸《わ》いていますので、それを使ってください」

レスカは、手早く雨具の泥や汚れを落として、軽く布で水気を拭《ふ》き暖炉《だんろ》の傍《そば》に掛《か》けて乾《かわ》かす。

俺は、レスカの沸かしておいてくれたお湯をタライに注ぎ、自室に運んで、汚れた衣類を脱《ぬ》いで全身をお湯で拭《ぬぐ》い、着替える。

身を綺麗《きれい》にして、タライのお湯を捨てて戻れば、暖炉の前でゆったりと過ごしていたペロとチェルナが跳《と》び込んできて、そのまま暖炉の火に当たり冷えた体を温める。

ヒビキが食堂に顔を出し、レスカがお茶を用意して、俺は温かなお茶で冷えた手先を温める。

徐々《じょじょ》に雨音が強くなる中、言葉は少ないが穏《おだ》やかな時間を過ごし、レスカが作る夕飯を食べて、俺たちは早めに就寝《しゅうしん》する。

●

ベッドに入り、激しさを増す雨脚《あまあし》を不安に思いながら、眠《ねむ》りに就《つ》く。

そして、まだ夜も明けない時間帯に、牧場の母屋《おもや》の扉《とびら》が激しく叩かれる音に目を覚ます。

「なんだ？」

明らかに雨風の音ではないことに気づき俺は、目を覚ます。

俺が廊下《ろうか》に出ると、パジャマ姿にカーディガンを羽織ったレスカが眠たげな目を擦《こす》りながら、ランタン片手に起きてくる。

『グルルルッ』

レスカと共に起きたペロも警戒《けいかい》するように唸《うな》り声を上げ、俺とペロを先頭に叩かれる扉に近づく。

「なんで、こんな時間に？」

ヒビキの防犯魔法が使用されているので、悪意ある人間は扉に辿《たど》り着く前に気がつく。

なら誰《だれ》がこんな時間にと思い、扉を開けると、見知った人物が立っていた。

「コータス、起きたか」

「バルドルか？」

俺たちが扉を開けると、そこには雨具を着た先任騎士《きし》のバルドルがいた。

「すまんが、川の監視《かんし》に急遽《きゆうきよ》人手が必要なんだ。来てくれ」

「わかった。すぐに向かう！」

俺は、自室に戻り寝間着《ねまき》から作業着に着替えをする。

そして、腰《こし》のベルトには、圧縮木刀とロシューから借りた鉄の長剣《ちようけん》を差してバルドルのところに戻る。

「コータスさん、気をつけて下さい」

レスカは、昨日暖炉の側で乾かしていた雨具を手渡《てわた》してくる。

「ああ、わかった」

俺は、レスカから雨具を受け取り、バルドルと共に外へ出る。

外は、真っ暗であり、夜中の激しい雨は弱まっているが、それでも視界が悪い。

「川が増水しているから養殖所と潅漑《かんがい》用の水路の水門は、塞《ふさ》いである。昨日お前たちが積み上げた土嚢の近くまで水が来ている。これから水量が増えれば、危ない」

「バルドル、状況《じょうきょう》は？」

「了解《りょうかい》！」

俺たちが辿り着いた時には、既《すで》に自警団だけではなく他の牧場主たちも集まり、ライコウクラゲのランタンで辺りを照らしていた。

ランタンによって照らされた川は、茶色く濁《にご》った泥水《どろみず》となっており、激しい勢いで流れている。

「バルドル、俺は何をすればいい？」

「今は、土嚢を積むのを手伝え！　それから万が一に、上流から魔物が流れてくる場合もある。もし、危険な魔物が襲《おそ》ってきたら討伐《とうばつ》しろ。動け！」

他の自警団や牧場主たちも土嚢を積んで補強する中、俺とバルドルも手伝う。

牧場町の住人の話では、例年に比べて雨が強いらしく、水位も高い。

土嚢を積んで対策をしなかったら、町の西側の一部は浸水していただろう。

そして、明け方に掛けて、雨脚は弱まり、日の出と共に川の様子がはっきりと分かる。

「これなら、大丈夫《だいじょうぶ》だろうな。早く帰ってシャルラの顔を見たい」

バルドルは、婚約者《こんやく》となった女性のことを思い出し、にやつく顔を落ち着けるように顎《あご》鬚《ひげ》を撫《な》でるが、全然落ち着けていない。

「そうだな。だが、何もなくてよかった」

俺は、そんなバルドルの様子に溜息《ためいき》を吐《つ》きながら、適当な相槌《あいづち》を打つ。

少しずつ川の氾濫《はんらん》が落ち着き始め、牧場主たちが牧場仕事を始めるために先に帰っていく。

残った俺やバルドル、自警団たちは、まだまだ様子見のために残る。

その直後――

「クソ！　何かがぶつかってきて端《はし》の方が決壊したぞ！　水が流れ込む！」

俺たちは、最も負担の掛かる場所に土嚢《どのう》を積んで水を堰《せ》き止めていたが、端の方は土嚢が薄《うす》く、河川の方から流木か何かがぶつかったのか、一部が押し崩《くず》されたようだ。

「お前たち、土嚢を積み上げて塞げ！」

「……いや待て！　離《はな》れろ！　魔物が流れてくるぞ！」

この場を管理する自警団のオリバーが決壊を防ぐために土嚢の補強を指示する。

それをバルドルが慌《あわ》てて止め、警告を放つ。

その直後、茶色の濁流《だくりゅう》の中を泳ぐワニのような頭部と魚類の体を持つ魔物が土嚢に体当たりして、押し崩し、河川から飛び出してくる。

崩れた土嚢から流れ込む川の水に足を止めた自警団たちに魔物が襲い掛かる。

「うわぁあっ――！」

襲い掛かってきた魔物に自警団の青年は、反射的に担《かつ》いでいた土嚢を盾《たて》にして身を守る。

河川から出てきた魔物が、ギザギザの歯によって土嚢を引き裂《さ》き、中に詰められた土が零《こぼ》れ落ちる。

俺は、腰の圧縮木刀を引き抜《ぬ》き、魔物を仕留めるために動こうとするが――

「させるかぁあっ！」

ちょうど近くに居たオリバーが鉄板入りのブーツで魔物の横っ腹を蹴《け》り飛ばす。

蹴った方向は、川の方向や俺やバルドルなどの戦える者がいる方向ではなく、魔物は南の方向に逃《に》げていく。

「オリバー！　町中に逃げ込んだらどうする！」

「な！　すみません、バルドルさん！」

「とにかく、自警団は、土嚢を積んでその決壊《けっかい》を塞げ！　コータスは、あの魔物を追え！　俺は、引き続きここに新たな魔物が来ないか見張ってる！」

「了解した！」

バルドルの指示に従い、自警団は、激しく水が溢《あふ》れる場所を塞ごうと土嚢を積み上げていく。

俺は、バルドルの指示で魔物を追うが、なぜかオリバーも付いてくる。

「オリバー、なぜ付いてくる？」

「うるせぇ、左遷《させん》野郎《やろう》！　俺様が自分で後始末をきっちり付けるんだ」

先程《さきほど》の魔物は、土嚢の隙間から染《し》み出る水の流れに沿って、ある場所に向かっていた。

その場所は、オリバーの家の牧場の敷地《しきち》である。

「オリバーの家のブラックバイソン牧場に逃げ込んだぞ！」

「やべぇな！　うちのバイソンたちが危ねぇ！」

共に牧場に駆《か》け込めば、オリバーの親父《おやじ》さんが放牧したブラックバイソンが泥濘《ぬかる》んだ敷地内で思い思いに過ごしていた。

ブラックバイソンは、水牛系の魔物であるために、水浴びや雨などを好み、心地《ここち》よさそうにしている。

そんな平和的な牧場に、侵入《しんにゅう》者の魔物が暴れ出す。

「うおっ！　アーガイル！　なんでこんなところに！」

放牧のために出ていたオリバーの親父さんが、魚とワニを合わせたような魔物――アーガイルを見て叫《さけ》ぶ。

アーガイルは、泥濘んだ地面を泳ぐように移動し、ブラックバイソンの群れの中に、突《とつ》然《ぜん》現れ、バイソンの足に噛《か》み付こうと暴れ出す。

突如《とつじょ》として現れた魔物にパニックになるブラックバイソンは、方々に散り始める。

その内の一頭が、オリバーの親父さんに向かって駆け出していた。

「くっ、危ない！――《ブレイブエンハンス》《デミ・マテリアーム》！」

俺は、身体強化と半物質化した魔力《まりょく》の籠手《こて》を纏《まと》い、オリバーの親父さんと突進するブラックバイソンの間に割り込む。

そして、角を掴《つか》み、泥濘む地面に押し込まれながら、受け止める。

「うおおおおっ！」

雨で濡《ぬ》れた足元は、いつもと感覚が違《ちが》う。

それでもリスティーブルのルインの突進を受け止めている俺は、なんとかオリバーの親父さんが撥《は》ね飛ばされるのを防ぐ。

「大丈夫か？」

「ああ、騎士の兄ちゃん、助かった。って、うちのバカ息子《むすこ》は！」

俺は、オリバーの親父さんを助けるために動いたが先行してアーガイルを狙《ねら》ったオリバーを探す。

「うおりゃぁぁぁっ！　――《破斬《はざん》》！」

オリバーは腰のベルトに提げていたナタを振《ふ》り下ろし、アーガイルの首に食い込ませる。

そして、ナタから逃《のが》れようと体を捩《よじ》り、反撃《はんげき》で噛み付こうとするアーガイルだが、オリバーが体重を掛《か》けて頭部を押さえ込み、泥濘んだ地面に押し付け、ナタを一気に押し込む。

そして、ゴリッと硬《かた》い物を断ち切る音が離れていた俺のところまで響《ひび》く。

アーガイルの血がオリバーの手や雨具を汚《よご》す。

首の骨を断ち切られたアーガイルの動きが止まり、アーガイルを倒《たお》したオリバーは、魔物との戦闘《せんとう》で興奮したのか、肩《かた》で息をする。

「はぁはぁ、この、クソ魔物が！　どんなもんだ！」

魔物の血で汚れた手や雨具を見つめるオリバーに、静かに近づいてくる自身の父親に気づき、成果を報告する。

「親父、うちの牧場を襲う魔物を退治したぞ！」

「オリバー！　今はそんなことより興奮したバイソンたちを落ち着ける方が先だ！」

振り返ったオリバーは、父親に諭《さと》されて、落ち着いたのか少しばつの悪そうな顔をする。

そして、魔物の乱入によって気が立っているブラックバイソンたちを牛舎に戻《もど》す中、バイソンたちの数が足りず、また牧場の柵《さく》の一部が踏《ふ》み倒されていた。

「まさか、あのパニックで逃げ出したんじゃねぇのか！」

「とりあえず、後を追ってみよう」

俺は、オリバーと親父さんと共に、牧場の外に逃げたブラックバイソンを追う。

そして、見た光景は、何故《なぜ》か増水した川の中で立ち往生しているブラックバイソンだった。

「なんで、あんなところにいるんだ」

「ブラックバイソンは、水牛系の魔物だから、水を嫌《きら》わない。むしろ、外敵に襲われた時は川を渡《わた》って逃げ切る事だってある。だが……」

元々、水を嫌わず、自身が生き残る本能に従った結果だったのだろうが、今はタイミングが悪く、濁流となっている川の中で身動きが取れなくなっている。

「8号！　クソ、俺があのとき魔物よりもバイソンたちを気にしていれば！」

陸地のアーガイルは、魚類の体と発達したヒレで這《は》うように動いていたが、ブラックバイソンたちは襲われそうになっても、あの場ではきちんと逃げ出していた。

またブラックバイソンは、従属的な魔物であるために、パニック直後にオリバーが上手く命令して誘導《ゆうどう》すれば、川を渡ろうともしなかっただろう。

「オリバー、諦《あきら》めろ。不幸な事故だ」

膝《ひざ》を突き、自身の行動を後悔《こうかい》するオリバーを、オリバーの親父さんが慰《なぐさ》める。

『ヴモォ～』

濁流の中で立ち往生しているブラックバイソンの悲しそうな鳴き声が辺りに響く。

「くそっ！　諦めきれるか！」

「おい、オリバー、何をするんだ！」

突然、弾《はじ》かれるように駆け出すオリバー。

俺も後を追おうかと迷うが、オリバーはブラックバイソンを助けるために戻ってくるはずなのでここで信じて待つ。

そして、オリバーは、自警団が脱走《だっそう》した魔物の捕獲《ほかく》に使う投げ縄《なわ》を持って戻ってきた。

「うぉぉおっ！　今助けるぞ！　8号、おりゃぁぁあっ！」

勢いよく振り回した投げ縄の輪っかが、濁流の中で立ち往生しているブラックバイソンの首に掛かり、縄を引くことで輪が締《し》まる。

また、ブラックバイソンには大きな角があるので、首の縄が外れそうになっても角に引っかかるだろう。

だが——

「ぐっ！　動かねぇ！」

「バカ野郎《やろう》！　危ない真似《まね》しないで、諦めろ！」

オリバーの引く縄はビクともせず、逆にミシミシと嫌《いや》な音を立てる。

体重５００キロを優に超《こ》えるブラックバイソンと濁流の圧力ではオリバー一人では、引っ張り上げるのは難しい。

「だから、無理なんだよ！　こうなったら引き上げられねぇ！　お前まで濁流に巻き込まれちまう！」

冷静な判断をするオリバーの親父さんに俺も同意見だ。

下手に手を出しては共倒《ともだお》れになる危険性もある。

それに捕獲用の投げ縄は、一本では効果が薄く、何本も掛けて、人間が体重を掛けて魔物を押さえ込むのに使うものだ。

オリバーだけでは、縄の強度も引き上げる力も足りない。

だから、俺は——

「——手伝う」

「左遷野郎⁉」

「俺は、縄が切れないように魔力を通して強化する！　——《デミ・マテリアーム》！」

トレントの木材で作られた圧縮木刀と比べてもロープは、魔力を通しやすい素材ではない。

魔力の抵抗《ていこう》感を感じつつも掴んだロープに浸透《しんとう》するように魔力を通し、強化する。

それにより投げ縄の強度が飛躍《ひやく》的に上がり、不穏《ふおん》な音を立てずにピンと張る。

「これは色々とキツイな！」

投げ縄のロープを手で握《にぎ》っているとは言っても、俺との距離《きょり》が離《はな》れるほど魔力の維持《いじ》が難しくなる。

《デミ・マテリアーム》で半物質化した魔力で手足や武器を覆《おお》うよりも何倍も魔力を消費する。

「ぐっ、引っ張る力が足りない！」

ブラックバイソンは、ロープに引っ張られて数歩歩くが、再び止まってしまう。

ロープを千切《ちぎ》れさせないように魔力を通して強化を維持するが、激しい水流で魔力が減り、今は体に蓄《たくわ》えられた養分を魔力に変換《へんかん》して不足分を補っている。

俺とオリバーだけでは、ジリ貧になる中で助けが来た。

「オリバーさん、コータスさん、手伝いに来ました！」

「お前ら！　決壊場所の土嚢積みはどうした⁉」

俺は、首を動かし、後ろを振り返ると、次々と自警団の面々が集まってくる。

「積み上げて塞《ふさ》いだ後、帰ってくるのが遅《おそ》い二人の様子を見にきたら人手が必要だったんで、急いで半数を集めてきました！」

そう言って、俺とオリバーの後ろのロープを摑み、ブラックバイソンを引くのを手伝う。

「全員、息を合わせて引っ張れ！」

『『オー、エス！　オー、エス！』』

自警団たちが手伝う中、腕組《うでぐ》みをして冷静に見ていたオリバーの親父さんも仕方がなさそうに溜息《ためいき》を吐《つ》いてロープを引っ張るのを手伝う。

そして、引っ張られたブラックバイソンは、川の真ん中から移動して、ゆっくりと歩いて、濁流《だくりゅう》から抜《ぬ》け出す。

「よかった！　本当に、良かった！　8号！」

『ヴモォ～』

少し疲《つか》れたような鳴き声で、濡れた体を揺《ゆ》するブラックバイソンは、そのままオリバーの親父さんの誘導で牛舎に戻される。

怪我《けが》や衰弱《すいじゃく》の可能性があるので、牛舎で安静にして様子見するようだ。

そして、再び土嚢《どのう》の場所に戻ろうとする際——

「悪いな、オリバーの我が儘《まま》に付き合わせて。でも、なんであんな無茶したんだ。いや、Bランクの魔物や真竜《しんりゅう》と対峙《たいじ》する騎士《きし》の兄ちゃんに聞くことじゃないのかもしれないけど」

申し訳なさそうにするオリバーの親父《おやじ》さんに対して俺は——

「王国民の人命や生活を守るのが騎士としての役割だからな。財産を守るのも俺の務めだと思ったからな」

「……そうかい。無粋《ぶすい》なことを聞いたな。けど、次からは無茶しないでくれよ」

そう言って、自分の仕事に戻るオリバーの親父さんを見る。

俺も改めて自分の持ち場に戻ろうとした際——

「おい、コータス」

「オリバー、お前……」

「助かった。だが、まだ、お前を認めたわけじゃないからな！」

言い捨てるように駆《か》け出していくオリバーと小走りでその後に付いていく自警団たちの後ろ姿を見て、俺もバルドルのところに戻ろうと後に続く。

積み上げられた土嚢の一部が【魔《ま》の森】から流れてきた魔物に壊《こわ》されるトラブルはあったが、それも塞ぎ、河川の勢いも次第《しだい》に収まり始める。

「コータス、疲れているだろ。先に戻って休んで良いんだぞ」

「俺は、【頑健《がんけん》】の加護があるからこのくらいは、平気だ」

俺とバルドルも自警団と共に交代で休憩《きゅうけい》を取ろうとし、その順番を先にバルドルに譲《ゆず》る。

「そうか。なら、俺は先に休ませてもらうから適当に手を抜いてやれ。昼頃《ごろ》に戻ってくる」

休憩するバルドルは、自身の婚約《こんやく》者のシャルラが待つ借家に帰っていく。

俺も残った自警団たちと監視《かんし》を続けるが、既《すで》に濁流も収まり始め、山場を越《こ》えた。

気を張る必要はなくなったが――

「少し、魔力を使いすぎたか」

ブラックバイソンを引き上げる際に、ロープに魔力を通して強度を上げた。

その際に、【養分貯蔵】の内包加護で、ロープの強化に不足した魔力を体に蓄えられていた栄養を魔力に変換して補っていた。

そのために、軽い空腹を覚え始めている。

見栄《みえ》を張らずに、先に休ませてもらった方が良かったたか、と思っていると、町の方から俺の名前を呼ぶ声に振《ふ》り返る。

「レスカ……どうして？」

「コータスさん、お疲れ様です！」

レスカがバスケットを持って、リアカーを牽《ひ》くペロと共にやってきたのだ。

「コータスさん、軽食と温かいお茶を持ってきました」

「レスカ、すまない」

「そこは、ありがとう。って言って欲しいですね」

微苦笑《びくしよう》を浮《う》かべるレスカに俺は改めて、ありがとうと言って、自警団の人たちに一言断りを入れる。

俺は、レスカから受け取ったバスケットを開けて、中に入れられたお絞《しぼ》りで汚《よご》れた手や顔を拭《ふ》く。

サンドイッチを食べ、温かなお茶で流し込めば、少しだけ空腹感が満たされ、そこで考える余裕《よゆう》が生まれた。

「レスカ。チェルナは、どうしている？　それに、何故外出を」

「今は、ヒビキさんとマーゴにお願いして見てもらっています。それに今日は、配達の日なのでそのついでです」

配達を終えた後なのか、ペロの牽くリアカーには、空の液体保存の容器やコマタンゴの出荷箱が載《の》せられている。

「結構、雨が降りましたね。凄《すご》い濁流です」

「毎年こんな感じなのか？」

「いえ、いつもはもう少し穏《おだ》やかですよ。ただ、川の上流で大量発生したスライムたちが水路に詰《つ》まって、水が溢《あふ》れそうになるのは、風物詩だったりしますね」

夜明け前からの作業で気づかなかったが、濁流の中に確かにスライムたちが流されている。

俺は、サンドイッチを食べつつ川の監視を続けると、隣《となり》に立つレスカが魔物のうんちくを聞かせてくれる。

「スライムの川流れは、雨により森の養分と水分を吸ったスライムたちが成長し、分裂《ぶんれつ》、増殖《ぞうしょく》した結果、飽和《ほうわ》したスライムたちが川の流れに乗って、一気に広範囲《こうはんい》に移動するんです」

「それがスライムの川流れなのか」

「はい。それに、森の養分を吸ったスライムが下流の方に流れることで広範囲に栄養が拡散しますし、なにより余分な水を吸ってくれるので、土砂《どしゃ》災害を抑《おさ》えてくれるんです」

「そうなのか」

「スライムの存在は、魔物の生息する環境《かんきょう》の最底辺を支える大変重要な要素だとされているんです」

「以前、グリーンスライムを見たが、スライムは奥深いなぁ」

俺は、レスカの言葉に相槌《あいづち》を打つと、レスカから期待に満ちた表情を向けられる。

「コータスさんもスライムに興味があるのなら、叔父《おじ》の書庫にあるスライムの本を読んで下さい！　これから雨が続くので室内での読書にぜひ！」

「ああ、借りさせてもらおう」

一日中体を鍛《きた》えるわけにもいかないので、そんな過ごし方も悪くないと思う。

そして、差し入れのサンドイッチを食べた俺は、先に戻《もど》っていいとレスカに伝えたが、バルドルと交代するまで待ってくれるらしい。

待つ間、俺を見て嬉《うれ》しそうにしているレスカに、何か楽しいことでもあるのだろうか、と首を傾《かし》げる。

「コータス、交代だ。って、レスカの嬢《じょう》ちゃんも川の様子を見にきたのか？」

「バルドルさん、こんにちは。お疲れ様です」

「バルドルが居ない間、問題はなかった。後は任せて良いか？」

俺は、バルドルに引き継《つ》ぎをし、レスカが会釈《えしゃく》する。

「任せろ。あと、今日はもう上がって良いぞ」

一度、湯屋に寄ったのか、身綺麗《みぎれい》にしたバルドルと川の監視を交代する。

俺は、そのままレスカと共に牧場への帰路に就《つ》くつもりだったが……。

「はい、コータスさん。これどうぞ」

「レスカ、この袋《ふくろ》は……」

「この後、湯屋で温まって下さいね。私は、先に帰ってますから」

リアカーに載せられた荷物の中から俺の着替《きが》えの入った袋を渡《わた》してくるレスカは、リアカーを牽いたペロを連れて先に牧場に帰っていく。

俺は、手渡された着替えの入った袋を見て、しみじみと呟《つぶや》く。

「レスカには、いつも助けられてるな」

サンドイッチの差し入れや着替えの用意など、レスカの気遣《きづか》いを、とても嬉しく感じつつ、湯屋の方向に歩き出す。

湯屋で冷えた体を芯《しん》まで温めてから、レスカが綺麗《きれい》に洗濯《せんたく》してくれた衣服を着て牧場に

と、チェルナを追い掛《か》けて、ヒビキもやってくる。

戻る。

「ただいま戻った」

俺の声を聞いて、雨の日で退屈《たいくつ》だったのか、滑空《かっくう》して飛んできたチェルナを受け止めると、チェルナを追い掛《か》けて、ヒビキもやってくる。

「こらー、いきなり飛び出すと危ないわよ」

『キュイ？』

「そんな、わからないって顔したって駄目《だめ》よ」

チェルナを優《やさ》しく叱《しか》りつけるヒビキもその後、俺にお帰りと言ってくる。

今日みたいに天候が悪く、俺もレスカも仕事でチェルナを連れ出せない時は、ヒビキやマーゴがチェルナを見てくれるので心強い。

それに、【賢者《けんじゃ》】の加護を持つヒビキが無数の防犯魔法を張っているらしいので、レスカの牧場は、俺が不在でも安全な場所だ。

「チェルナは、ちゃんと大人しく過ごしていたか？」

『キュイ！』

「雨で退屈そうにしてたけど、私とマーゴたちと遊んでいたわよ」

そう言ったヒビキは、揺《ゆ》するようにチェルナを抱《だ》き直す。

「コータスさん、お帰りなさい」

「ただいま」

お昼の下拵《したごしら》えをしていたのか、食堂の台所からパタパタと小走りで駆け寄ってくるレスカ。

「コータスさんの汚れた衣類を預かりますね。泥《どろ》とか残しちゃうと、そこからカビが生えちゃいますから」

『ソンナコト、ワタシ、サセナイ』

レスカの言葉に、コマタンゴの妖精《ようせい》のマーゴが主張する。

固有能力である菌糸《きんし》魔法でカビを抑えることができると、小さな体で胸を張るマーゴをレスカが微笑《ほほえ》ましく見つめる。

「そうだね。でも、泥は綺麗に落とさないと」

そうしてレスカは、手早く雨具や衣類に付いていた泥を落とし始めるので、俺も何か手伝うことはないか尋《たず》ねる。

「レスカ、何か手伝うことはないか？」

「大丈夫《だいじょうぶ》ですよ。あっ……」

「どうした？」

「そう言えば、この天気なので部屋干しして、洗濯籠《かご》を空き部屋に置いたままでした」

「なら、取りに行ってくる」

「えっ……じゃあ、お願いします」

少し申し訳なさそうにしながらも俺に任せてくれるレスカ。

それを聞き、ヒビキもレスカの手伝いを申し出る。

「ねぇ、レスカちゃん。私も何か手伝うことないかしら？　ほら、お姉さんの魔法でスバッと洗濯をしてみせるわよ」

【賢者】の加護を持ち、数多《あまた》の魔法を使えるヒビキに対してレスカは――

「ヒビキさん、大丈夫ですよ。二度手間になっちゃいますから」

ヒビキの表情がピシッと固まる中、レスカは、衣類の汚れをブラシを片手に落としていく。

「確かに！　確かに前に一度魔法で洗濯物をやろうとして、失敗したけど！　今度はきっと大丈夫なのよ！」

「ああ、そんなこともあったな。確かに二度手間になっていた」

レスカに二度手間と言われて、盛大《せいだい》に俺に不満を訴《うった》えてくるヒビキだが、俺もそれには同意見だ。

たとえ、ヒビキが【賢者】の加護を持ち、数多の魔法《まほう》を使えても――それを完璧《かんぺき》に制御《せいぎょ》できることとは別である。

以前、洗濯のためにヒビキが水流操作を行った。

初めは、タライの中の水は、緩《ゆる》やかに動き始め、洗濯物を掻《か》き混ぜ始める。

だが、徐々《じょじょ》に回転する勢いを増す水流は、魔力制御の未熟なヒビキでは、タライの中に留《とど》めることができずに、遠心力に従って濡《ぬ》れた洗濯物が四方に飛び散り、土の上に落ちる。

また、それを見ていた俺たちもタライの水を浴びる結果となった。

なので俺は、縋《すが》り付くヒビキを擁護《ようご》することはできず、足早に部屋干ししてある空き部屋に向かう。

「ここだな」

現状、使う人のいない空き部屋の前には、カビ抑制《よくせい》の監視《かんし》のためにコマタンゴが何体か集まっているが、俺が部屋を開けようとすると何故《なぜ》か邪魔《じゃま》をする。

「すまない。洗濯籠を取りに来たんだ」

そのくらいなら自分たちが、と身振り手振りするコマタンゴたち。

だが、これは俺の仕事だと思い、コマタンゴたちを丁寧《ていねい》に退《ど》けて部屋に入る。

「洗濯籠は、これ……か!?」

俺は、床《ゆか》に置かれた空の洗濯籠を見つけ、続けて視線を上げると部屋干しで吊《つ》るされた衣類が目に入り、言葉を失う。

部屋に張られたロープとそこに干される衣類の中に、淡《あわ》い色合いの布地が吊るされていた。

その形状は、どう見ても女性の下着であり、控《ひか》えめなフリルが付いていたりする。

「しまった……」

この数ヶ月、互《たが》いに注意していたために、このようなことは起こらなかったが、つい気が緩んでいたのかもしれない。

まじまじと見てしまったレスカの下着から目を逸《そ》らし、赤くなる顔を押さえながら、洗濯籠を持って戻る。

「……レスカ。持ってきた」

「はい。コータスさん、ありがとうございます。……どうかしました？」

振《ふ》り返ったレスカは、視線を逸らして顔を赤くする俺を見て、小首を傾げる。

だが、すぐに洗濯物に意識を戻すので気づかれなかったようだ。

俺も少し時間を置いて、気持ちを落ち着けていく。

「レスカ、ありがとう。助かった」

「いえいえ。牧場仕事の汚《よご》れには、慣れていますから。本当は、天日干ししたいんですけど、生憎《あいにく》この天気だと部屋干しで……」

『ワフゥー』

部屋干しと聞いたペロは、憂鬱《ゆううつ》そうに溜息《ためいき》を吐《は》き出す。

そんなペロを慰《なぐさ》めるようにマーゴが話しかける。

『ダイジョウブ。ワタシ、ニオイ、ワカラナイ。デモ、カビ、オサエル』

『ワフッ？』

「マーゴがカビとかの悪いものを抑えてくれるので臭《にお》わないですよね。すごく、助かりますよ」

そう言って褒《ほ》めるレスカに、マーゴは嬉しそうにする。

最初は、色々とあったマーゴだが、既《すで》にレスカの牧場の一部にちゃんと入り込んでいるので良かったと思う。

そうこうしている内にレスカは、俺の衣類の汚れを落として、濯《ゆす》ぎ、水気を絞《しぼ》って洗濯籠の中に入れていく。

「この洗濯物を干したら、お昼ご飯にしましょう。もう少し待っていて下さいね」

そう言って、洗濯籠を持って空き部屋に行くレスカ。

「せ、洗濯物くらいは、魔法を使わずに干せるから手伝うわよ」

その際、落ち込んでいたヒビキはチェルナを俺に預けて、レスカの手伝いに向かう。

俺は、一人ペロやチェルナ、マーゴたちと共にレスカたちを待っていると、それほど時間を掛けずにレスカたちが戻《もど》ってくる。

だが、レスカの様子が少しだけおかしい。

「コ、コ、コータスさん⁉」

顔を赤くして、そわそわと挙動不審《ふしん》にしながら、上擦《うわず》った声で俺の名前を呼ぶ。

その様子に俺は、うっかりレスカの下着を見たことに気づかれたと内心冷や汗《あせ》を掻く。

そして――

「コータスさん、見た？」

「……すまない」

決定的な一言に、誤魔化《ごまか》すことなく、素直《すなお》に謝ると、ジワジワと羞恥《しゅうち》が湧《わ》き起こるのか、うー、と唸《うな》り始めるレスカ。

そして、大きく深呼吸を繰《く》り返し落ち着いたところで――

「コータスさん、見なかったことにしてください」

「……わかった」

それが正しい問題解決なのか、と首を傾《かし》げそうになるが、レスカは、もうこの話題には触《ふ》れるつもりはないようだ。

同じ屋根の下で暮らしているなら、偶然《ぐうぜん》で起こる可能性があったが、今まで互いに気をつけていたために起こるのが遅《おそ》かったのかも知れない。

それでも――

「黙《だま》っていた俺が言うのもあれだが、レスカには、もう少し怒《おこ》る権利があると思うぞ」

俺は、レスカの下着を見たのだ、怒られる覚悟《かくご》を決めるが――

「コータスさん、今更《いまさら》ですよ。家事をみんなで手伝ってもらってますけど、洗濯《せんたく》物を洗うのは、いつも私ですよ。その時、コータスさんの下着とか見ていますから」

「そうか……レスカがいいって言うなら」

そう考えれば、先程《さきほど》も洗濯物を洗うのを任せてしまっている。

「だ、だからってコータスさんが私の下着を洗おうとかって話じゃないから！　ヒビキさんの下着もあるから！　コータスさんは絶対に手伝うのダメだからな！」

途中《とちゆう》、自分の発言で墓穴を掘《ほ》ったと感じたのか、慌《あわ》てて言い繕《つくろ》おうとするレスカだが、俺もそこまで考えてはいない。

あと、また慌てた時の荒《あら》い口調が出ているので、落ち着くように頭を撫《な》でる。

「だ、だから、なんで撫でるかぁー！」

「いや、つい……」

「あー、甘ったるいわぁ」

俺とレスカは、ヒビキの声に、ハッと振り返る。

「コータスとレスカちゃんの二人だけでラブコメ空間を作っちゃうなんて……その雰囲気《ふんいき》に当てられると甘くて、口から砂糖吐きそうよ」

また、物陰に隠《かく》れるように、コマタンゴたちも縦に重なるようにしてこちらを覗《のぞ》き込んでいたりする。

「わ、わけの分からないことを言わないで下さい！　も、もう、この話はお終《しま》いです！　さぁ、お昼を用意しましょう！」

レスカは、パチンと両手を叩《たた》いて、強引に話を断ち切る。

そして、逃《に》げるように食堂の調理場で昼食を用意し始める。

「そう言えば、コータス？　私の下着もあの部屋に干してたんだけど、見た？」

レスカが去った後、ヒビキのからかうような質問に俺は記憶《きおく》を探《さぐ》るが、見覚えはない。

「ん？　ヒビキの下着は、見てないな」

「それは、ちょっと女の子としてのプライドが若干《じゃっかん》傷つけられて複雑な気がするわ」

その答えにヒビキは、若干渋《しぶ》い表情をしつつも小さく溜息を吐き出す。

「コ、コータスさん！　ヒビキさん、お昼の下拵《したごしら》えはしてあるので、すぐできますよ！」

「わ、わかった」

「ふふっ、なんだかんだで意識してる」

俺もレスカも何事もなかったかのように過ごし、それをヒビキがニヤけた表情で見てくる。

最初は、動きが硬《かた》かったレスカも次第《しだい》に普段《ふだん》通りになり、俺はレスカの淹《い》れてくれたお茶を飲み、やっと仕事が終わったという区切りがついた気がする。

そして、俺は、また降り始めた弱い雨が屋根に当たる音を聞きながら、レスカとヒビキ、それにペロやチェルナ、マーゴのいる穏《おだ》やかな時間を過ごしていた。

魔物図鑑
Monster guide
NO.17

アーガイル

討伐ランク▶E+

ワニのような頭部と魚類の体と大きなヒレを持つ水棲魔物。

雑食性であり、大きくなると水辺に来た生き物に噛み付き、水中に引きずり込む。

肺とエラでの二種類の呼吸が可能なので、陸地でも短時間の活動が可能であり、大きなヒレで陸地を這うように移動し、ジャンプして獲物に襲いかかることもある。

【備考】
ランクSS▶測定不能。天災級の強さ　ランクS▶勇者・英雄・魔王級、半伝説級の存在
ランクA▶超一流の人間が複数人で討伐可能
ランクB▶人間単独での対処の限界。一流冒険者、もしくは近衛騎士級の人間が複数人必要
ランクC▶一人前の冒険者複数人、もしくは、ベテラン冒険者が個人で討伐可能
ランクD▶一般男性が複数人、もしくは、一人前の冒険者が個人で討伐可能
ランクE▶一般の成人男性が個人で討伐可能
ランクF▶子どもが倒すことができる　ランクG▶ほぼ無害

三章　左遷騎士《させんきし》と決闘魔物《けっとうまもの》

雨季は、まだ続く。

先日の大雨ほどではないが、雨と曇《くも》り空、そして時々晴れ間が覗き、畑の植物もぐんぐんと生長している。

そんな雨の合間に、俺とレスカは、畑に来ていた。

「ふう、雨で流された土寄せは、終わりだな」

久しぶりに外に出られて機嫌《きげん》がいいチェルナを俺の後頭部にしがみつかせたまま、畑仕事をしていた。

畑の畝《うね》は、雨風に当てられて、土が削《けず》れて流れてしまう。

なので、鍬《くわ》で減った分の土を盛ってやる必要がある。

また、雨季に生長するのは、畑の野菜ばかりではない。

雑草も生えており、蔦《つた》を持つ動く野菜は、養分の取り合いになる雑草を自身で引っこ抜《ぬ》いて一箇所《いっかしょ》に纏《まと》めていた。

だが、動く野菜の蔦が届かない範囲《はんい》にも雑草が生《お》い茂《しげ》っているので、レスカが雨で濡れた柔《やわ》らかい地面から雑草を引き抜き、動く野菜の状態を確認《かくにん》している。

「棚《たな》が壊《こわ》れてなくてよかった」

「コータスさんがしっかり作ってくれたので、倒《たお》れずにちゃんと野菜の支えになってくれましたね。とても順調に育っていますよ」

「そうか。初めてだから分からないことだらけだが、そう言ってもらえると良かった」

「はい。この調子なら、夏明けから夏野菜が沢山《たくさん》できますよ」

嬉《うれ》しそうにするレスカは、雨で撥《は》ねた泥《どろ》や土が付いて枯《か》れた葉っぱをハサミで切り落としている。

畑について色々と実地で学び、畑の手入れを終えて、近くの水場で湿《しめ》った土や泥を軽く落として、次の作業についてレスカに尋《たず》ねる。

「レスカ。畑が終わった後はどうする？」

「リアお婆《ばあ》さんのところに寄って、牛舎の洗浄液《せんじょう》を注文しようと思います」

「洗浄液？」

「私やコータスさんがいつも掃除《そうじ》していますけど、それでも目に見えない汚れなどが溜《た》まります。ですからたまに洗浄液を使って、汚れを徹底《てってい》的に洗い流して、ルインの病気を予防する必要があるんです」

リスティーブルのルインは、レスカにとって大事な畜産《ちくさん》魔物であり、決闘魔物でもあり、家族のようなものだ。

その生活環境《かんきょう》や健康状態には、常に気をつけている。

「わかった。俺もジニーの様子を見に行こう」

「そうですね。私もジニーちゃんの顔が見たいです」

あれほど鍛錬《たんれん》の継続《けいぞく》を求めたジニーだ。

天候が悪く、リア婆さんの判断で鍛錬の中止が続いたので、少し様子が気になる。

そんな俺とレスカは、農具を担《かつ》いで、リア婆さんの薬屋に向かった。

「こんにちは。リアお婆さんは、いらっしゃいますか？」

「やぁ、レスカ嬢《じょう》ちゃんにコータスじゃないか。今日は、どうしたんだい？　またジニーを【炎熱石《えんねつ》】の熱量補充《ほじゅう》に借りに来たのかい？」

「今回は、牛舎の清掃《せいそう》用の洗浄液の注文をしに来たんです。それと、ジニーちゃんの様子を見に来ました」

「なるほどね。なら、少し中に入って話そうか。お茶でも出すよ」

俺とレスカは、店先に農具を置かせてもらい、薬屋の応接室に案内される。

「ジニー、ちょっと来なさい！」

「ん？　どうしたの、お祖母《ばあ》ちゃん」

『ニャァ～』

リア婆さんの呼び声に、ジニーと猫精霊《ねこせいれい》がこちらに顔を出す。

「少しジニーの様子を見にきた」

「どうですか？　猫精霊と仲良くやっていますか？」

俺とレスカが揃《そろ》って会いに来たことにジニーは、軽く驚《おどろ》きつつもすぐに答えてくれる。

「悪くないと思う。ミアとは、お話ししているけど、賢《かしこ》いし、仲良くやっていけそう」

『ニャァ～』

ジニーの言葉に同意するように鳴く猫精霊は、ジニーが応接室のソファーに座ると、膝《ひざ》の上にぴょんとジャンプして乗る。

それにしても――

「ミアってのは、その精霊の名前か」

「えっ、あ、あたし、名前付けたの悪かった？　ずっと猫精霊ってのは呼び辛《づら》いし、その……レスカ姉ちゃんが、ペロやルイン、マーゴたちに名付けしたの、羨《うらや》ましいと思ってたから」

そう言ったジニーは、少し不安そうに猫精霊のミアを抱《だ》き締《し》めるが、俺もレスカも微笑《ほほえ》みを浮《う》かべる。

「いや、悪くはない。ミア、いい呼び名だな」

「改めて、こんにちは。ミアさん。これからもジニーちゃんをよろしくお願いします」

『ニャッ！』

任せろ、と言うように胸を張るミアにまた微笑みが溢《あふ》れる。

「あ、あとは、鍛錬がない日とか、お祖母ちゃんの手伝いで薬を作った！　畜産魔物に使う軟膏《なんこう》とかずっと練ってた！」

久しぶり俺とレスカに会ったジニーは、自分のことを話し出す。

途中、リア婆さんが用意したお茶を飲みつつ、俺たちは、ジニーの話に相槌《あいづち》を打ち続ける。

「なるほどな。他《ほか》に、何かあるか？」

「えっと、後は、ミアと話し合って、こんな精霊魔法を使えるようになった。ミア、お願い」

『ニャッ！』

軽い調子で鳴いたミアは、ジニーの膝の上から空中を駆《か》け上がり、俺たちより少し高い場所で静止する。

精霊なので空を駆けることくらいはできるか、と思いながら、ミアの発動させる精霊魔法を待つ。

そして、ミアの短い鳴き声と共に、温かな光と空気が広がり始める。

「ジニー？　これは？」

「お日様の魔法。これでちょっと寒いお部屋が暖かくなるし、洗濯物《せんたくもの》も乾《かわ》いてお日様の匂《にお》いがする」

ほんのささやかな精霊魔法にジニーは、気恥《きは》ずかしそうにしている。

冒険者《ぼうけん》志望のジニーの初めての精霊魔法が生活に即《そく》した使い方だったのには、少し意外に思う。

「凄《すご》いです、ジニーちゃん！　これなら部屋干しで臭《にお》わないですよ！」

レスカは、その精霊魔法の使い方を絶賛し、その話にリア婆さんも加わってくる。

「それだけじゃないよ！　こんな梅雨《つゆ》の湿った時季でも保存の難しい薬草を室内でも綺麗《きれい》に乾燥《かんそう》してくれる！　ゴミも付かず品質も十分！　薬屋の後継者《こうけいしゃ》として安泰《あんたい》だねぇ！」

レスカとリア婆さんが手放しで喜ぶ中ジニーは、おずおずと俺に聞いてくる。

「コータス兄ちゃんは、どう思う？　これは冒険者として役立つと思う？」

　そう聞かれて、俺は答える。

「野営の状況《じょうきょう》を快適にできたり、乾燥させることで効能や保存性を増す素材の処理として現地で使えると思うぞ」

「そ、そっか。よかった」

「けど、俺が何より褒《ほ》めたいのは――強い精霊魔法を使わなかったことだ。偉《えら》いぞ」

　そう言って、俺がジニーの頭を撫でると、恥ずかしそうに俯《うつむ》き、慌《あわ》てたように理由を口にする。

「そ、そんなの……コータス兄ちゃんやヒビキ姉ちゃんの居るところじゃないと、怖《こわ》くてできないよ。あたし、また暴発させるかもしれないし」

　そう言って、客観的にジニーは自分のことを判断できている。

　以前のジニーは、焦《あせ》りと憧《あこが》れで我武者羅《がむしゃら》な行動を取っていた。

　今は、俺やレスカ、ヒビキが教えることで、自分で冷静に判断する力が身に付き始めたのかも知れない。

「さて、余り長く引き留めると悪いねぇ。レスカ嬢ちゃんの注文だけど、少し素材を集めるのに時間が掛《か》かるけど、いいかい？」

「はい。元々、そういうのを見越《みこ》しての注文ですから」

リア婆さんがあまり長く俺たちを引き留めるのは悪いと、レスカの用事である洗浄液の注文について話し始める。

洗浄液の用意には、時間が掛かるらしく、今回は軽い見積もりだけで終わる。

俺たちは、お茶のご馳走《ちそう》にお礼を言って帰ろうとする時、ジニーがお願いしてくる。

「ねぇ、お祖母ちゃん。今日、レスカ姉ちゃんの牧場に行っちゃダメ？」

「はぁ、ダメだよ。今日は鍛錬の日じゃないから行かせられないよ」

「ち、違《ちが》う！　遊びに行きたいだけ！　レスカ姉ちゃん、ダメ？」

レスカに視線を移したジニーが上目遣《うわめづか》いで見つめ、レスカが微苦笑《びくしょう》を浮かべる。

「是非《ぜひ》、遊びに来てください」

「う、うん！　ありがとう、レスカ姉ちゃん」

その様子に、仕方がないと溜息《ためいき》を吐《つ》くリア婆さん。

「はぁ、この子。あたしの所に預けられてから誰《だれ》かと遊ぶってことがないからねぇ」

そのリア婆さんの呟《つぶや》きに俺は、ジニーを見つめる。

「ジニー。お前、友達いないのか？」

「う、うぐっ……そ、そんなことない……友達は、いるよ」

そう言って、俺から視線を逸《そ》らすジニーを心配そうに見つめるミア。

そして俺とレスカは、共にジニーの頭を撫《な》でる。

「な、なに!?　コータス兄ちゃんだけじゃなくてレスカ姉ちゃんも!?」

「なら、レスカ嬢ちゃんの牧場に行くなら、今日は泊《と》まりで行って、明日一日過ごしてきな。あたしは、久しぶりに他の長老衆と酒場に行くから。レスカ嬢ちゃんも頼《たの》めるかい」

そう言って、レスカの牧場への宿泊《しゅくはく》を勧《すす》めるリア婆さん。

そういう理由なら、とレスカは快く引き受ける。

「それなら、今日はジニーちゃんのためにお夕飯を豪華《ごうか》にしましょうか」

「うん。あたし、お魚食べたい」

「なら、ヒビキ嬢ちゃんに頼まれた美容品もついでに配達しておくれ。あと、レスカ嬢ちゃんの家にお菓子《かし》でも買っていきな。これ、お駄賃《だちん》ね。余ったら、お小遣《こづか》いにしていいから。それから、鍛錬だけど、あんまりやり過ぎるんじゃないわよ。休むために行かせるんだから」

雨季の間、薬屋でずっとリア婆さんの手伝いをしていたジニーへのお駄賃だろうか。

少し多めのお駄賃を受け取ったジニーは、大事そうに仕舞《しま》い込み、宿泊用の衣類と配達の美容品を持たされ、送り出される。

「さて、帰りにどこに寄る?」

「お祖母ちゃんが言っていたお菓子を買いたい」

「なら、ランドバード牧場の直売所で買いましょうか。あと、お夕飯のお魚やランタンの中に入れるライコウクラゲを買いに行きましょう」

『ニャッ！』

ミアは、猫精霊ということで魚が好きなのだろうか？　しきりに魚という単語に反応し、尻尾《しっぽ》をゆらゆらと振《ふ》っている。

養殖《ようしょく》所の生《い》け簀《す》で養殖されている魚類の魔物《まもの》は、数種類の淡水魚《たんすいぎょ》の魔物やヒビキが【魔の森】で遭難《そうなん》した時に発見した新種魔物の魔女ナマズ。

それから日光や電気などを溜《た》め込み、夜に光を発する水棲《すいせい》魔物のライコウクラゲなど――その他、関連する魔物たちである。

そして、目的地の養殖所で水棲牧場の牧場主を見つけてレスカが声を掛ける。

「こんにちは。お魚とライコウクラゲを買いに来ました」

「おっ、レスカちゃんと騎士《きし》の兄さん、それにリアさんの孫娘《まごむすめ》も一緒《いっしょ》かぁ」

養殖所の生け簀の傍《そば》で作業をしていた水棲魔物の牧場主に声を掛ける。

牧場主は、笑顔でレスカに受け答えしてくれる。

「魚は、あっちの生け簀にあるから捕《と》ってくるよ。それと、ライコウクラゲの方もいるからちょっと待ってくれないか」

「はい。それとサラダ用に、若いライコウクラゲもお願いします。安いですよね」

レスカの言葉に、牧場主は、困ったように笑って頭の後ろを掻《か》く。

「ホント、レスカちゃんは、買い物上手だな」

「レスカ、どういうことだ？」

首を傾《かし》げる俺とジニーに対して、牧場主が今の養殖所の状況について説明してくれる。

「騎士の兄さんは、この前の川の水位が上がった時を覚えているよな」

「ああ、かなり雨が強く降った時だろ。土嚢《どのう》を積んで町に水が流れてこないように堰《せ》き止めた」

「雨季になると【魔の森】の養分が雨水と一緒に川に流れ込む、川の水を引いている養殖所の生け簀は、栄養過多になりやすいんだ」

「その結果、ライコウクラゲが増え過ぎちゃうんですよね」

【魔の森】から流れ込む養分が水中の微生物《びせいぶつ》の餌《えさ》となり、更《さら》にその微生物をライコウクラゲが食べて、生け簀の中で子どもを増やす。

また、生け簀の中には、ライコウクラゲの天敵が居ないために数が減らない。

「生まれたばかりの若い個体は、発光機能が未熟だし、沢山《たくさん》いると光や電気を奪《うば》い合ってライコウクラゲ全体の光の質が下がるんだ」

だから、ライコウクラゲの光源としての価値を保つために若い個体を間引く必要がある。

「放置するとスタンピードや魔物を引き寄せる原因になったりするからな。これぱっかりは仕方がない」

大抵《たいてい》が他の養殖所の魔物の餌や牧場主の家庭で食べるのだが、消費しきれない分は、適切に処分する必要がある。

そう言って、肩《かた》を竦《すく》める牧場主は、だからレスカの提案はありがたいのだと言う。

「では改めて、お魚六匹《ぴき》分と光源用とサラダ用のライコウクラゲをお願いします」

「助かったよ！　魚二匹とサラダ用のライコウクラゲは、オマケしちゃうよ！」

間引きのライコウクラゲの一部が処分できて牧場主の表情が明るい。

『ニャァ～』

「ミアもお魚一杯《いっぱい》で嬉《うれ》しそう」

レスカが購入《こうにゅう》し、生け簀から引き上げられた魚を見て、嬉しそうに鳴くミア。

すぐ近くの生け簀を覗《のぞ》き込めば、淡水魚の魔物が沢山いるが、やはり火精霊《せいれい》は水が苦手なのか水場の傍には近づかない。

「次は、お菓子を買いに行きましょうか。ジニーちゃんは、なにが食べたいですか？」

「うーん。あたし、ちょっと選びたいかも」

「私は、夕ご飯に使う卵液を買いましょうか。コータスさんは、どうしますか？」

「そうだな。俺は、ランドバードの方を見てくる」

　一度、ランドバード牧場の直売所で別れた俺は、チェルナを連れてランドバード牧場の牧場主に挨拶《あいさつ》をする。

　その際、緑色の毛色に進化したランドバードの亜種《あしゅ》――ソニック・ランドバードが俺とチェルナを見るともの凄い勢いで駆け寄ってきた。

『クェ、クェエッ！』

『キュイ！　キュイ！』

　チェルナの鼻先とランドバードの嘴《くちばし》を互《たが》いに擦《こす》り付けるように挨拶をする。

　俺もそんなソニック・ランドバードの首筋を撫でる。

「久しぶりだな。調子はどうだ？」

　ソニック・ランドバードに挨拶して、軽く触《ふ》れ合い時間を潰《つぶ》す。

　背中に乗って欲しそうにするが、それはまた今度と伝えて、ランドバード牧場の直売所でお菓子やランドバードの卵液を買ったレスカとジニーと共にレスカの牧場に帰ってくる。

ランドバード牧場の直売所でお菓子を選び、ホクホク顔のレスカとジニー。

「帰ったら、ヒビキさんと一緒に食べましょうね」

「そうだね。あたしも食べるの楽しみ」

ジニーも甘い物が好きな女の子であるために、普段《ふだん》より子どもらしい笑《え》みを浮《う》かべている。

そして、俺たちが牧場に戻《もど》ると留守番をしていたペロが駆《か》け出し、俺たちを出迎《でむか》えてくれる。

『『クーン!』』

「ペロ、ただいま」

「ただいま帰りました」

俺とレスカに二つの頭をそれぞれ擦り付けてくるので、空いている手でペロの頭を撫でて褒《ほ》める。

撫でられたペロは、満足してレスカに付き従う中で、牧場の敷地《しきち》内に入ると地面から白い腕《うで》が伸《の》びて行く手を遮《さえぎ》る。

「なっ⁉　マーゴの菌糸《きんし》の腕！」

地面から伸びる細長い菌糸の腕は、すぐに猫《ねこ》精霊のミアを捕《つか》まえようとする。

ミアは、猫特有の俊敏《しゅんびん》さで避《よ》けつつ、逆に体から精霊の炎《ほのお》を噴《ふ》き出し、菌糸の腕を焼き尽《つ》くす。

燃えた菌糸の腕が崩《くず》れると、地面から無数のコマタンゴとその上に乗っかるマーゴが姿を現す。

『オマエ、キニイラナイ、クルナ！』

『ニャニャニャッ！』

互いに嫌《きら》い合うような雰囲気《ふんいき》のマーゴとミアを見て、俺は困ったように溜息を吐《は》き出し、レスカが微苦笑《びくしょう》を浮かべ、ジニーがオロオロとしている。

「はぁ、相性《あいしょう》的に受け付けない存在だろうし、仲良くしろとは言えないよな」

マーゴにとって火に関連する存在は、菌糸の繋《つな》がりを破壊《はかい》し、自身の領域を侵《おか》す天敵である。

そのためにマーゴは、火の中級精霊であるミアに強い敵対心を持っている。

ミアの場合は、死という概念《がいねん》が薄《うす》い精霊であるが知性を持つために、マーゴから敵意を向けられれば、反発もするだろう。

「お前たちが争っても不毛なだけだろ」

マーゴの愛らしい妖精《ようせい》の姿は、菌糸で形作られた仮初《かりそ》めの体であり、ミアの体も魔力で実体化しているだけに過ぎない。

菌糸があれば、無尽蔵《むじんぞう》に体を構築できるマーゴ。

ジニーからの魔力供給で何度でも実体化できるミア。

互いに互いを倒《たお》すことは、困難なのだ。

「マーゴが、ミアを嫌《きら》っているのはどうしてなんですか？」

レスカがしゃがみ込んで尋《たず》ねると、マーゴが念話で答えてくれる。

『コイツ、イタラ、ワタシノシゴト、ウバワレル！』

「仕事……って？」

『ワタシ、ヌレタモノニック、ドウゾク、オサエコム。アイツ、キン、コロス！』

火精霊のミアの精霊魔法で生み出す温かな光と空気によって、天日干しと同じように衣類を乾《かわ》かすことができる。

それは、部屋干しで発生する匂《にお》いを菌糸魔法で抑制《よくせい》するマーゴと仕事が被《かぶ》ることになる。

「私は、マーゴのお仕事を奪うつもりはないんですけど……」

『デモ、アノネコノ、シゴト、ホメタ』

「どうやら、聞かれていたな」

マーゴの本体は、地中深くの菌糸核《かく》であるが、繋がる菌糸同士で本体に情報が送られ、それが末端《まったん》のコマタンゴたちにも共有される。

なので、マーゴの命令をコマタンゴは忠実に実行し、逆にコマタンゴたち末端菌糸魔物たちが見聞きした内容は、マーゴに伝わる。

「不審《ふしん》者発見には、最高の監視《かんし》者なんだがなぁ」

「なんだか、私たちの私生活の情報が筒抜《つつぬ》けだと、少し考えてしまいますね」

暗竜《あんりゅう》の雛《ひな》のチェルナを守るためには、心強い仲間ではある。

だが、マーゴは、コマタンゴから妖精化した個体であるために、まだ精神年齢《ねんれい》が幼く、私生活の情報を預けるのには、別の意味で不安になる。

そして、今回のように感情が暴発したのだろう。

『ワタシノ、シゴト、ウバウヤツ、ユルサナイ！』

『フシャァァァァッ！』

マーゴが小さな体でファイティングポーズを取り、ミアもそれに釣《つ》られて威嚇《いかく》する。

この状況《じょうきょう》をどうやって収拾したらいいかと悩《なや》む俺たちに、母屋《おもや》の方から出てきたヒビキが提案してくる。

「いいんじゃない？　どっちも滅多《めった》に死なないんだから徹底的《てってい》に争わせれば」

「ヒビキ。何を言ってるんだ」

俺は、胡乱《うろん》げな目でヒビキを見つめるが、あっけらかんとした様子で答える。

「マーゴは魔物《まもの》だし、猫精霊……ミアって呼んでたわね。知性が高いけど、やっぱり動物型の精霊よ。上下関係を白黒付けさせれば、後腐《あとくさ》れないわよ」

「そんなこと、許すわけ――『いえ、私は、いいと思いますよ』――レスカ？」

俺の言葉を遮り、ヒビキの考えに賛成するレスカ。

「ヒビキさんの提案した方法が、多分一番短時間で穏便《おんびん》に済むはずです」

それに、不毛に争って徒労に終わる、って学習した方が、次からは争いませんよ、とレスカが微笑《ほほえ》みを浮かべる。

「ジニーちゃんは、どうします？」

レスカに尋ねられて、ジニーも悩むような表情をする。

ミアに関しては、売られた喧嘩《けんか》は買う状態で臨戦態勢であり、ジニーも精霊魔法使いとしてミアに指示を出す訓練になりそうだと考えているようだ。

それに、リア婆《ばあ》さんから鍛錬《たんれん》の許可は、一応出ている。

『ウニャニャ！　ニャッ！』

「うん。ミアも上下関係をはっきりさせたいみたい」

「なら私が炎上《えんじょう》しないように結界を張っておくから両方存分に戦いなさい」

レスカとジニーが納得《なっとく》し、コマタンゴの妖精のマーゴと火の中級精霊のミアも戦う気満々である。

「仕方がない。少しだけだからな」

俺は、そっと溜息《ためいき》を吐《つ》き、荷物だけ片付けて、両者が戦う準備をする。

マーゴとミアが闘志《とうし》を剥《む》き出しにして対峙《たいじ》する一方で、ペロに預けたチェルナは、マイペースに欠伸《あくび》をしている。

「俺が審判《しんぱん》を務める。形式は、決闘《けっとう》魔物同士による試合に準じ、変則ルールとして、範囲《はんい》攻撃《こうげき》の禁止を加える」

『ワカッタ』

『ニャッ！』

マーゴとミアが闘志を溢《あふ》れさせ、短く返事をする。

「調教師として初めて戦わせる魔物がマーゴで。相手がジニーちゃんだとは、夢にも思いませんでした」

「なんか、レスカ姉ちゃん、ごめん」

「いえ、いいんですよ。この状況を一番穏便に済ませる方法ですし、なによりちょっと楽しんでいる自分もいるんです」

互いに使役《しえき》している魔物と精霊《せいれい》が闘争《とうそう》心を剝き出しにしているのに対して、レスカとジニーは、和《なご》やかな会話をしている。

「レスカちゃん、ジニーちゃん。お姉さんがばっちり結界を張っておいたから、その範囲《はんい》内でなら好きに暴れていいわよー！」

マーゴとミアを囲うように薄《うっす》らと色付く半球状の結界が張られ、その外側からレスカとジニーが指示を出す。

「勝敗は、どちらかの体が大幅《おおはば》に損傷、もしくは消滅《しょうめつ》した時点で決まる」

マーゴの場合、意志表出のための菌糸の人型が損壊《そんかい》する。

ミアの場合、魔力で実体化した体の維持《いじ》が不可能になる。

それぞれがその条件に納得し、どちらが上か立場を決めようとしている。

「それでは――始め！」

「マーゴ！　菌糸の腕で拘束《こうそく》して下さい！」

「ッ!?　ミア、上に逃《に》げて！」

開始直後、マーゴは、ミアを囲むように地面から六本の菌糸の腕を伸ばし捕まえようとする。

だがミアは、空中を蹴《け》って、伸ばされた菌糸の腕を掻い潜《くぐ》る。

「ミア！　――《ファイアボール》！」

『ウニャッ！』

短い鳴き声を返すミアは、尻尾《しっぽ》をピンと立てて、その先に三つの火球が灯《とも》る。

『ウニャニャッ！』

その場で横に回り、尻尾を振《ふ》って、眼下にいるマーゴと菌糸の腕に火の玉が降り注ぐ。

これで終わりかな、と俺は内心思うが――

「マーゴ、壁《かべ》！　それとまだ届きますよね！」

『モチロン』

小さく頷《うなず》くマーゴは、地面から分厚い菌糸の塊《かたまり》を迫《せ》り上げ、火球を防ぐ。

ぶつかった火球は、菌糸の塊に触《ふ》れて爆発《ばくはつ》を起こし、周囲にバラバラになった菌糸の塊が飛び散る。

「また、無茶をする。って、あれは……」

菌糸の塊の裏に隠《かく》れたマーゴは、爆発の余波を菌糸の腕に支えられて無事である。

また、周囲に飛び散った菌糸の塊が、徐々《じょじょ》にコマタンゴに姿を変え、地面から新たな菌糸の腕が等間隔《とうかんかく》で並び生える。

「マーゴ、投擲《とうてき》！　撃《う》てぇえっ！」

『ウテェエッ！』

レスカの指示を真似《まね》するように、マーゴが指示を出す。

それにより菌糸の腕に摑《つか》まれたコマタンゴたちが次々と頭上にいるミアに投げられていく。

『ウニャァァアッ！』

次々と投げられるコマタンゴたちに対してミアは、毛を逆立てて体から火の粉を散らし始める。

「――待って！　ミア、避《よ》けて！」

ジニーからの回避《かいひ》指示に、慌《あわ》ててコマタンゴたちを避ける。

ミアの能力なら広範囲《こうはんい》を燃やせば、迎撃《げいげき》できる。

だが、それをすると範囲攻撃禁止のルールに抵触《ていしょく》することを思い出したジニーがミアの攻撃《こうげき》を止《や》めさせた。

「ううっ、レスカ姉ちゃん、ズルいよ！　マーゴの他《ほか》にもコマタンゴを使うなんて！」

「ごめんね、ジニーちゃん。でも、これがコマタンゴ・リトルフェアリーって魔物の力なの」

コマタンゴ・リトルフェアリーのマーゴは、膨大《ぼうだい》な量の菌糸《きんし》を操《あやつ》る。

個体にして群体の魔物であり、レスカはその特性を生かしつつ、細かな制御《せいぎょ》や力加減を覚えていないミアと経験不足のジニーの弱点を突《つ》いていく。

「どうすればいい。どうやったら勝てる」

次々と投げられるコマタンゴたちをミアは避け続けるが、ついに一体のコマタンゴがその体に取り付き、動きを封《ふう》じる。

『ウニャァァツ！』

ミアは、炎《ほのお》を纏《まと》い、体に取り付いたコマタンゴを燃やして振り払《はら》う。

「ミア！　そのままマーゴに体当たり！　いけぇぇっ！」

投げられるコマタンゴを炎を纏って振り払い、そのままマーゴに突撃《とつげき》していく。

だが——

「マーゴ！　菌糸魔法——《粘液分泌《ねんえきぶんぴつ》》！」

レスカの指示を受けたマーゴは、巨大《きょだい》な菌糸の腕《うで》を生やし、ミアの突撃を受け止める。

巨大な菌糸の腕でも小柄《こがら》な猫《ねこ》精霊は、焼き切りながら突き進むだろうと予想できる。

だが、ミアを受け止めた菌糸の腕からじわりと透明《とうめい》な液体が染《し》み出し、炎の体を包み込み、受け止める。

「な、なんで燃えないの!?」

「雨季の湿《しめ》った地面から水分を吸い、それをマーゴの菌糸魔法と合わせてヌメリ成分を生み出してみました！　これでミアを捕《つか》まえましたよ」

マーゴの菌糸を操《あやつ》り、腕を形作って攻撃する以外にも、こんな戦い方をするとは思わなかった。

ただ、ヌルヌルとした粘液《ねんえき》に塗《まみ》れたミアが可哀想《かわいそう》である。

「まだだよ！　ミア、炎の爪《つめ》！」

『ニャッ！』

ジニーのとっておきなのか、ミアが鳴くと拘束する菌糸の掌《てのひら》の中で赤い刃《やいば》が生まれる。

「おー、まさに炎の爪！　それっぽい技《わざ》ねぇ」

「ああ、ほんと。炎を爪の形に留《とど》めるなんて……」

ミアの両前足に炎を凝縮《ぎょうしゅく》したような爪が生える。

放出するだけの炎なら粘液で消火できるが、炎を凝縮した爪までは消せず、粘液が斬《き》り裂《さ》かれる。

だがその代償《だいしょう》に、ミアの体を構成する魔力も不足するのか、体の輪郭《りんかく》が揺《ゆ》らめき、実体化が不安定になる。

「あれは、ジニーからの魔力供給が足りないいな」

飛ぶ力もないのか、地面に降り立ったミアは、そのままマーゴに向かって駆《か》け出し、炎の爪を振り上げる。

「マーゴ！」

「勝者は——ミア！」

『マダ、オワッテナイ！』

ミアの炎の爪によって、マーゴの体は両断された。

俺がミアの勝利宣言をしたが、マーゴは千切《ちぎ》れた体と体の間から粘液を持った菌糸をミアに伸《の》ばして搦《から》め捕《と》る。

『ゼンイン、シュウゴウ、トリカカレ！』

そして、マーゴの最終号令に、周囲のコマタンゴたちが搦め捕られて倒《たお》れるミアにのし掛《か》かるように集まる。

既《すで》にルール上の勝敗は決し、マーゴも菌糸の体を上下真っ二つにされても、ミアに取り付き、離《はな》れない。

実体化が不安定になりつつあるミアは、マーゴやコマタンゴを振り払おうと残りの力を使って体を燃やし始める。

「マーゴ、もういいです！　止めて下さい！」

「ミア！　それ以上は、ダメ！」

レスカとジニーの制止の声も聞かず、互《たが》いにルールを無視した泥仕合《どろじあい》が激しくなる。

マーゴの動員する菌糸の残量が尽《つ》きるか、ミアの実体化のための魔力《まりょく》が尽きるか。

不毛な争いを止めるタイミングを失った俺は、どちらかがこの場から消えるまで続くと思われたが——

『ヴモォォォォォォオッ——！』

「っ⁉　ルイン⁉」

放牧されていたリスティーブルのルインが周囲の空気を震《ふる》わせるほどの鳴き声を上げて、怒《いか》りの表情をこちらに向けていた。

「あ、そういえば……最近、雨でストレスが溜《た》まっていて」

レスカの呟《つぶや》きの通り、ルインは、怒りの表情である一点を見つめている。

その先には、騒《さわ》がしい団子状態になっているマーゴ、ミア、コマタンゴたち。

それらを標的にしたルインは、後ろ足で地面を蹴ると、そのまま駆け出す。

「えっ⁉　私、結界を張っている……きゃっ⁉」

ガラスが割れるような音と共に、ヒビキが小さな悲鳴を上げて濡《ぬ》れた地面に尻餅《しりもち》を突く。

ルインは、額と角に身体強化の魔力を集中させ、ヒビキの張った結界を突き崩《くず》し、駆け抜《ぬ》ける。

その先の、騒がしいコマタンゴの塊も盛大《せいだい》に蹴散《けち》らし、突き抜ける。

ルインの突撃の勢いでコマタンゴたちは方々に撥《は》ね飛ばされ、不安定になっていたミアも体を散らされ、マーゴも上空に打ち上げられる。

「――マーゴ（ミア）⁉」

そして、走る勢いそのままに、弧《こ》を描《えが》くように方向転換《てんかん》するルインは、次の標的を俺に定める。

「――《ブレイブエンハンス》《デミ・マテリアーム》！」

身体強化と半物質化した魔力の籠手《こて》を生み出し、ルインの突撃を受け止める。

蓄《たくわ》えた怒りの分だけ、突撃で押し込められた距離《きより》が長い。

それでもなんとか突撃を受け止め、ルインは少しだけ気が晴れたような表情で俺に背を向けて、蹴散らしたマーゴとミアの元に向かう。

『ヴモッ！』

地面から新しく生えたマーゴと魔力供給を受けて再び実体化したミアをルインは、睨《にら》み付けるように見下ろす。

そして、身体強化したルインは、マーゴとミアの前で前足を上げて、力強く踏《ふ》み下ろす。

――ズン、という腹に響《ひび》く音と共に、ルインの前足が地面を陥没《かんぼつ》させ、見せつけるようにゆっくりと足を持ち上げる。

『ヴモッ……』

『ゴ、ゴメンナサイ、ナカヨクシマス』

『ウニャァ～』

雨季でストレスが溜まっているところに煩《うるさ》くされて、ルインのストレス発散も兼《か》ねて、蹴散らし一喝《いっかつ》したようだ。

ルインの介入《かいにゅう》によりマーゴとミアは、レスカの牧場の魔物たちの力関係を理解し、ヒエラルキーの下位で争わない、ということを本能的に理解したようだ。

勝負の結果は、うやむやに終わってしまったが、マーゴとミアの不仲は、ルインの手によって強引に解消されるのだった。

『ルインコワイ、ルインコワイ』

マーゴとミアを連れて母屋《おもや》に入った俺たちだが、早速薄暗《さっそくうすぐら》い部屋の隅《すみ》でコマタンゴたちに囲まれたマーゴが膝《ひざ》を抱《かか》えて、ブツブツと呟くような念話を残している。

『ウニャァ～』

もう一方のミアも狭《せま》い場所に入り込み、隠れることで心を落ち着けているようだ。

「まさかこうなるとは、思わなかったわ」

マーゴとミアの決闘《けっとう》を推奨《すいしょう》したヒビキは、こめかみに指を押し当てて、溜息《ためいき》を吐《は》き出す。

「とりあえず、落ち着くまで待つしかないだろ」

俺は、時間を置いて様子見することしか思い浮《う》かばず、ジニーが買ったお菓子《かし》をレスカが淹《い》れてくれたお茶で食べて、休憩《きゅうけい》する。

「さて一休みしましたし、そろそろお夕飯を作りましょうか。今日は、ジニーちゃんのリクエストで魚料理ですよ」

「レスカ姉ちゃん、ありがとう。手伝うよ」

レスカとジニーが台所に向かう。

外では、再び雨が降り出し、肌寒《はださむ》く感じるために暖炉《だんろ》に火を入れると、その前でペロとチェルナが横になっている。

右に横倒《よこだお》しで眠《ねむ》るペロのお腹《なか》にチェルナが寄り掛かり、柔《やわ》らかなお腹の白い毛に顔を埋《うず》めている。

ペロの右頭が下になり、左頭の顎《あご》が乗っかかるようにして寝《ね》ているが、苦しくはなさそうだ。

ペロの左頭の垂れ耳が右頭の鼻先に、ちょこんと乗っかる。

掛かった垂れ耳が右頭の鼻息と共にふわっと浮かび、再び鼻先に乗り、また鼻息で浮かぶ。

そんなほっこりとする光景を眺《なが》めつつ、レスカとジニーが包丁で食材を切る規則的な音に自然と表情が和《やわ》らぐ。

夕飯時が近づき、鼻先に漂《ただよ》ってくる料理の匂《にお》いにペロが鼻先をひくつかせ、チェルナがペロのお腹に頬擦《ほおず》りするようにして目を覚ます。

「みなさん、ご飯ができましたよー」

暖炉の前で寝ていたペロとチェルナは、のっそりと起き出し、俺も食卓《しょくたく》に着く。

「本日の料理は、パンと魔物魚の香草蒸《こうそうむ》し、ライコウクラゲの生野菜サラダ、玉子スープです」

　養殖所《ようしょく》で買った白身の魔物魚を植物油を引いたフライパンで焼き色が付く程度まで焼き、ニンニクや香草、タマネギ、薄《うす》くスライスしたコマタンゴなどを同じフライパンで炒《いた》め、その後、白ワインで蒸した料理だ。

　軽く塩揉《しおも》みして洗った若いライコウクラゲを葉物野菜とドレッシングで和《あ》えた生野菜サラダ。

　スライスしたタマネギとコマタンゴを入れ、塩こしょうで味付けし、ランドバードの卵液で綴《と》じた玉子スープ。

　ペロやチェルナ用の料理の他《ほか》にも、今晩は、ジニーが猫精霊《ねこせいれい》のミア用の料理をレスカの手を借りて用意したようだ。

「ミア。これ、あたしが手伝った魚料理、食べやすいように解《ほぐ》して骨も取ったから食べよう」

『ニャァ～』

　しょんぼりと耳を下げたままやってくるミアをジニーは迎《むか》え入れて、食卓に着く。

「それでは、いただきます」

「「いただきます」」

俺たちは、夕食を取りながら、今日の出来事を話し合う。

その中で話の内容は、昼間のマーゴとミアの決闘に移る。

「実は私、マーゴとミアを戦わせた時、ちょっと楽しんでました」

「レスカ姉ちゃんも？　あたしも魔法を使っている！　って感じになれて楽しかった！」

晴れやかに報告してくるレスカとジニーに俺も改めて思い返す。

「ルールで能力を制限した割に、意外と戦えていたな。特に、マーゴがあそこまで善戦するとは思わなかった」

「それは、空いた時間にマーゴと菌糸《きんし》魔法でどんなことができるか話し合ったんです」

「あたしは、ぶっつけ本番だった。けど、ミアの方で上手《うま》く汲《く》み取ってくれたから」

レスカは、常に決闘魔物同士の戦いを想定して色々と考えていたようだ。

ジニーの方は、拙《つたな》い指示からでも知性の高い中級精霊のミアが上手く立ち回ったようだ。

そして、昼間の戦いを見て、色々と気になる点もある。

「レスカ。マーゴの菌糸魔法は、どんな範囲《はんい》でどんなことができるんだ？」

マーゴの固有能力とも言える菌糸魔法について尋《たず》ねれば、レスカから的確な答えが貰《もら》える。

「マーゴが視認《しにん》できる範囲でなら菌糸の性質を変化させられますよ」

菌糸の腕《うで》から粘液《ねんえき》を染《し》み出させてみたり、魔力による疑似《ぎじ》毒の生成、コマタンゴによる特攻《とっこう》、菌糸による侵食《しんしょく》など、レスカがつらつらできることを上げていく。

マーゴは、小さな体ながら菌糸魔法で非常に多彩《たさい》な戦い方ができる。

また菌糸の腕も一撃《いちげき》は軽いが、複数本生み出せるので侮《あなど》れない。

「マーゴの菌糸魔法は、強いな。これなら【魔物闘技場《とうぎじょう》】に参加できるんじゃないのか？」

「マーゴは、菌糸核《かく》から伸《の》びる菌糸の範囲でしか活動できないので……」

レスカは、苦笑《くしょう》を浮かべつつマーゴの弱点を告げる。

拠点《きょてん》防衛に向いたマーゴだが、菌糸核を中心としているので、牧場町から遠く離れて各地で開かれる【魔物闘技場】の大会に出場するのは困難である。

「そうか」

「はい。ですので、本命はペロとルインで頑張《がんば》ります」

レスカは、夢に一歩ずつ近づいているのが楽しいといった表情をしている。

続いてジニーに関してだが——

「ジニーは、ミアが魔法を使った時、魔力はどんな感じで減ってた？」

「えっ⁉　えっと……あれ？　減った感じがない？」

「なるほど。ヒビキは、どう思った？」

「【賢者《けんじゃ》の書庫】の伝聞との比較《ひかく》になるけど、精霊の力を出し切れてないと思ったわ」

魔力の減っていないジニーと伝聞との齟齬《そご》を感じるヒビキ。

精霊魔法《まほう》は魔力による費用対効果がいい魔法と言われる。

潜在《せんざい》能力とマーゴとの相性《あいしょう》だけ見れば、火の中級精霊のミアの方が圧倒《あっとう》的に有利なはずだが、苦戦を強《し》いられ、契約《けいやく》主のジニーの魔力に動きがないということは――

「ミアは、実体化の時に与《あた》えられた魔力だけで戦ってたんだろう」

「えっ？」

「ああ、だから、炎《ほのお》の爪《つめ》を使った時に体が不安定になったのね」

決闘のルールに縛《しば》られ、ジニーからの魔力供給なしに慣れない指示で小さな火を操《あやつ》っていたのだ。

ある意味、今後の課題点がよく見える一戦だった。

「ジニーの精霊魔法使いとしての課題は、ミアへの指示と魔力供給の両立だな。それができれば、格段に魔法での戦闘《せんとう》能力が高まる」

「コータス兄ちゃん、ヒビキ姉ちゃん……あたし、頑張る」

グッ、と小さく握《にぎ》り拳《こぶし》を作るジニー。

そうして、和《なご》やかながら色々なことを話し合った夕飯を食べ終える。

全員が食堂に残り、レスカが作ってくれたリスティーブルのホットミルクを受け取り、穏《おだ》やかな時間を過ごす。

日が落ちた直後、屋根を雨が打つ音にペロが窓辺に前足を乗せて外を見上げ、その背中によじ登るチェルナも同じように眺めていた。

「たまには、こうした夜もいいですね」

「そうだな」

レスカの呟《つぶや》きに俺が同意し、暖炉の薪《まき》がパチッと弾《はじ》ける音が響《ひび》く。

屋根を雨が打つ音の中でジニーは、瞑想《めいそう》による魔力操作と魔力感知、目に見えない火精霊との交信を行っている。

そんなジニーの周りを、ミアが遊んで欲しいが、邪魔《じゃま》してはいけないと迷うように彷徨《さまよ》っている。

精霊としての理性と動物型としての本能のせめぎ合いの姿がちょっと面白《おもしろ》い。

ヒビキは、暖炉の前で魔法の明かりを灯《とも》し、メガネを掛《か》けて【賢者の書庫】の本を読み、ページを捲《めく》る音が響く。

そんな穏やかな空間の中でレスカが思い出したかのように声を出す。

「そう言えば、この雨季の時期になると、牧場町の上空に渡《わた》り鳥《どり》が通るんですよ」

「渡り鳥？」

雨の降る窓の外を見て、ふと思い出したのか、レスカは季節の話題を振《ふ》ってくれる。

「はい。南から北に向かって、ダーダル・スワローという魔物が牧場町の上空を通りかかるんです」

「渡り鳥の魔物……それは、危険はないのか？」

町の上空を魔物が通り掛かるのは大丈夫《だいじょうぶ》だろうか、と少し心配になるが、レスカは微笑《ほほえ》みながら、その魔物について詳《くわ》しく教えてくれる。

「ダーダル・スワローは、海燕《うみつばめ》系の鳥類の魔物ですけど、主食は果実や木の実、魚、小型の虫の魔物などで人は、滅多《めった》に襲《おそ》わないんです」

「それなら安心なのか？」

「はい。この時季には上空を通るダーダル・スワローの群れが、綺麗《きれい》な隊列で飛ぶのが見られるんですよ」

「それは、楽しみだな」

綺麗な隊列の飛行とは、それだけで見る価値がある。

真竜《しんりゅう》を信仰《しんこう》するアラド王国では、ワイバーンに乗る竜騎士《りゅうきし》が多く、国のパレードで行うワイバーンの隊列飛行は、王都に居る間に度々《たびたび》目にして、感動したのを思い出す。

そんなことを思い出しながら、レスカの魔物うんちくは、続く。

「ダーダル・スワローは、冬場は南の方の暖かな地域で過ごすんです。そして春の雨季が来ると、北上してアラド王国よりも更《さら》に北の海岸の岸壁《がんぺき》を目指すんですよ」

「そこがダーダル・スワローたちが夏過ごす場所なんだな」

「夏の短い時期に岸壁に巣を作り、相手を見つけて、そこで子育てして、冬前の風雨に乗って、子どもと共に南下して、冬でも暖かい地域で大人に成長するんです」

「へぇ、そうなのか」

「はい。地域によっては、『嵐《あらし》を告げる鳥』や『季節を運ぶ聖鳥』なんて呼ばれたりするんですよ」

素敵《すてき》ですよね、というレスカの説明に、瞑想していたジニーと本を読んでいたヒビキも顔を上げて聴《き》き入っていた。

「そうなんだ。あたし、雨は好きじゃないけど、そのダーダル・スワローが来るのは楽しみかも……」

ジニーは、瞑想を終えた直後に、構って欲しそうにしていたミアを抱《だ》きかかえる。

「ほんと、本を読んで調べるだけじゃ知らないことが多いわ。それに、それを知っているレスカちゃんは凄《すご》いわよ！　お姉さん、鼻が高いわ」

ヒビキも本をパタンと閉じて、魔力で具現化した本を消し、レスカを褒《ほ》める。

「ただ牧場町に、コータスさんやジニーちゃん、ヒビキさんより長く居るだけですよ」

謙遜《けんそん》するレスカだが、左遷《させん》された俺やリア婆《ばあ》さんに預けられたジニー、異世界人のヒビキなどは、春先と言っていいほど最近にこの牧場町に来たのだ。

そのために、この地に根差し、この地の良さを知るレスカは、ヒビキが言うように賞賛に値《あたい》すると思う。

俺も少しずつ、牧場町の基本的な仕事ができるようになったが、一年を通しての牧場町の風景というのは、知らない。

「自分が住む牧場町の良いところを沢山《たくさん》知っている。レスカは、偉《えら》いと思うぞ」

「そ、そうですか？　えへへっ、ありがとうございます」

俺の言葉にレスカは、ふにゃりと柔《やわ》らかな笑みを浮《う》かべる。

「これからもレスカと一緒《いっしょ》に、牧場町の四季を一緒に見れたら、楽しいだろうな」

「むう、コータスさんは、またそんなこと言って……勘違《かんちが》いしちゃいますよ」

最後の方は、聞き取れなかったが、少しだけ唇《くちびる》を尖《とが》らせるレスカに何か気に障《さわ》ることを言ってしまったのかと思う。

　そして、小さな吐息《といき》を吐《は》き出した次の瞬間《しゅんかん》には、レスカは普段《ふだん》通りの微笑みを浮かべていた。

「それでは、そろそろ寝《ね》ましょうか。明日も牧場の仕事がありますから。ジニーちゃんは、私と同じ部屋で寝ましょうね」

　そう言ってレスカは、窓辺のチェルナを抱き上げ、ジニーに声を掛ける。

「あたしは、別に一人部屋でも平気！　冒険《ぼうけん》者は、どこでも一人で寝れるものだし！」

「あらぁ、それって、夜、私がこっそり入っても……いいってことかしら？」

　見栄《みえ》を張るジニーに対して、ヒビキが背後に回り、そっと両肩《りょうかた》に手を乗せて耳元で囁《ささや》く。

　ヒビキの囁きに反射的に背筋を伸ばすジニーは、弾《はじ》かれるようにレスカの後ろに隠《かく》れる。

「や、やっぱり、レスカ姉ちゃんと寝る！　変質者が来るかもしれない一人部屋なんて危ない！　冒険者は、危険は避《さ》けるべき！」

「ねぇねぇ、レスカちゃん。私もレスカちゃんの部屋に行っていい？　女の子同士でパジャマパーティーしましょうよ！」

「ぱじゃま……ぱーてぃー？」

　レスカと共に寝ることを決めたジニーだが、ヒビキは諦《あきら》めない。

　そして、ヒビキの言葉にレスカは、小首を傾《かし》げている。

「ひっ⁉　ヒビキ姉ちゃんは、来なくていいから！」

「別に変なことしないわよ。ただ、女の子同士でおしゃべりするだけよ」

クスッと笑うヒビキに、レスカがやんわりと断る。

「明日もお仕事があるんですから夜更《よふ》かしは、ダメですよ」

「レスカちゃんにそう言われちゃったら、ダメね。今回は諦めましょう」

ジニーは、ヒビキが諦めたことにほっと安堵《あんど》の吐息を漏《も》らす。

「それじゃあ、寝ますね。コータスさん、お休みなさい」

「ん、コータス兄ちゃん、お休み」

「私は、もうちょっと本でも読んでから寝るわ。お休み」

レスカとジニーは、ペロとチェルナを連れてレスカの部屋に向かい、ヒビキも自室に入っていく。

俺も食堂に居続ける必要がないので自室に戻《もど》り、ベッドに腰《こし》を掛ける。

そして、体内に感じる赤い魔力の繋《つな》がりに意識を向ければ、念話が頭の中に響く。

『話せ』

低い男性の念話の主は、俺をチェルナの保護者と認めた真竜・アラドだ。

定期的に、アラドに念話でチェルナの様子を報告するのも、既《すで》に日課となっている。

「特段、変わりはない。ただ、雨季で雨が多いために外出を控《ひか》えている」

『暗竜の幼子に過保護になるのは構わん。だが、チェルナとて真竜族の一種だ。幼子と言えど、雨程度でどうにかなることもあるまい』

　真竜の子育てなどやったことのない俺は、定期的に報告すると共に助言も貰《もら》う。

「なら、それについては頭の隅《すみ》に入れておく」

『他《ほか》に、何か報告はないか？』

「食事は、ミルクや離乳食《りにゅうしょく》のような物だが、少しずつ固形食に近いものを食べ始めた。最近だと、クッキーなども食べることができる」

『やはり早いな。【育成】の加護が影響《えいきょう》しているのか、それとも【願望反映】の影響か』

　チェルナの成長具合に関して、平均的な真竜の雛《ひな》に比べて早熟なようだ。

　考えられる理由は、レスカの持つ【育成】の加護が作用しているのか、それともその内包加護の【願望反映】によりチェルナが俺たちと同じように食べることを望んだために成長が早いなど、考えられる。

『成長が早い分には、問題なかろう』

「そうだな。ただ、少しずつ離乳食のような食事を離《はな》れている。それでもリスティーブルのルインの乳から直接ミルクを飲んでいるのは――」

『その辺りは、個体ごとの好みの問題だろう。矯正《きょうせい》する必要もあるまい』

俺とアラドは、こうして念話で言葉を重ねる。

最初に出会った時は、互《たが》いの立場や状況《じょうきょう》で傲慢《ごうまん》な真竜かと思ったが、付き合って分かったが、意外と話の分かる真竜だと思う。

まぁ、他の真竜は知らないが……

「アラドは、意外と普通《ふつう》だな」

『……貴様。我を馬鹿《ばか》にしておるのか？』

つい、口に出てしまった言葉に、念話に若干《じゃっかん》の苛立《いらだ》ちと怒気《どき》が込《こ》められて送られてくる。

俺は、慌《あわ》てて否定する。

「いや、そんなつもりはないんだが……」

『はぁ、わかっておる。貴様のような愚直《ぐちょく》な男にそのような気持ちなどないだろう』

直後に長い溜息《ためいき》のような念話が響く。

こちらのことを良く見ているようだが、愚直と表現されるのは、あまり嬉《うれ》しく思わない。

せめて、真面目《まじめ》と言ってもらいたいが……

『まぁ、よい。それよりチェルナは、我に対して何か言っておったか？』

「チェルナは、まだ念話は使えないが……」

『最近は、貴様らの牧場に人語を理解し、念話を話せる魔物がおるだろ』

「マーゴのことか？」

『そやつ経由でなにか、我に関して言ってなかったか？』

どこか、そわそわした様子のアラド。

完全に親戚《しんせき》のおじさん状態の真竜に対して、チェルナの意志を訳したマーゴの言葉を思い出すが……

「すまんが、ないな」

『そうか……ないか』

なんだか、可哀想《かわいそう》なほど気落ちした真竜の巨体《きょたい》を幻視《げんし》する俺は、その日の念話による定期報告を終えて眠《ねむ》りに就《つ》く。

魔物図鑑
Monster guide
NO.18

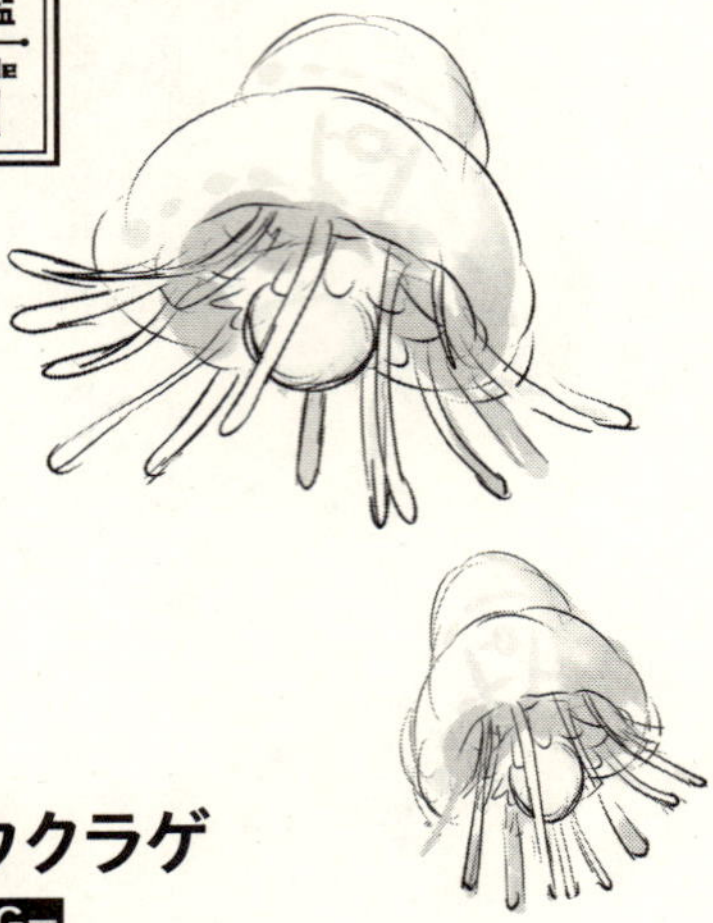

ライコウクラゲ

討伐ランク▶G−

光や電気を吸収し溜め込み、夜間に発光する淡水系クラゲの魔物。

体は柔らかく、すぐに千切れて死んでしまうが、水質変化に強く繁殖力が高い。

魔物牧場では、ランタンの光源として使われる他に、食用としても飼育されている。

また、薬屋などには、ライコウクラゲの保湿成分を抽出した傷の治療薬やその応用である美容品が存在する。


【備考】

ランクSS▶測定不能。天災級の強さ　ランクS▶勇者・英雄・魔王級、半伝説級の存在
ランクA▶超一流の人間が複数人で討伐可能
ランクB▶人間単独での対処の限界。一流冒険者、もしくは近衛騎士級の人間が複数人必要
ランクC▶一人前の冒険者複数人、もしくは、ベテラン冒険者が個人で討伐可能
ランクD▶一般男性が複数人、もしくは、一人前の冒険者が個人で討伐可能
ランクE▶一般の成人男性が個人で討伐可能
ランクF▶子どもが倒すことができる　ランクG▶ほぼ無害

四章　左遷《させん》騎士《きし》と渡《わた》り鳥《どり》

昨晩の雨も上がり、久しぶりの青空を見上げ、朝の牧場仕事を手伝う。

俺は、力仕事を率先して行い、レスカとジニーが餌《えさ》や水、牛舎の敷《し》き材の交換《こうかん》などを行う。

昨晩の雨で数を増やしたコマタンゴたちが生き生きと敷き材のオガクズを運ぶ手伝いを行い、マーゴがそれを指揮して効率良く仕事が進む。

そして、早々に朝の牧場仕事が終わり、ジニーが俺に声を掛《か》けてくる。

「コータス兄ちゃん。今日は晴れてるし、鍛錬《たんれん》を付けてよ」

「雨季は、基本中止だ。それに泊《と》まる時にも、やるなら少しだけって言われただろ。昨日、マーゴとミアが戦ったのは、鍛錬だからこれ以上はダメだ」

「むぅ……折角、空が晴れてるのに」

ふて腐《くさ》れるジニーだが、俺はジニーを納得《なっとく》させるためにあることを呟《つぶや》く。

「ジニーは、我が儘《まま》言わずに鍛錬の指示に従ってたし、火精霊《せいれい》のミアと契約《けいやく》できた。だから、ご褒美《ほうび》を渡そうと思っていたが、取りやめるか」

「えっ⁉　コータス兄ちゃん、ご褒美ってなに⁉　あたし、ちゃんと言うこと聞いてるよ！」

「じゃあ、今日は、休む。いいな」

「う、うん……それでコータス兄ちゃん、ご褒美ってなに⁉」

ご褒美の内容を聞いてくるジニーに俺は、頭を撫《な》でるだけで何も言わずに母屋《おもや》に戻る。

その後ジニーは、何度も聞いてくるが、その度《たび》に頭を撫でて誤魔化《ごまか》し続けたら、聞くのを諦めてくれた。

そして、母屋に戻って朝の仕事での汚《よご》れを井戸水《いどみず》で落としていれば、レスカとジニーが協力して朝食を用意している。

レスカは、朝から美味《おい》しそうな匂《にお》いのする料理を次々と並べていく。

主食は、パンと蒸《ふ》かしたジャガイモ。それとお好みで春先に作ったジャムとリスティーブルのミルクから作ったバター。

おかずには、フォレストボアのソーセージと茹《ゆ》でたコルジアトカゲの尻尾肉《しっぽ》を裂《さ》いて生野菜と和《あ》えたサラダ、自家製ヨーグルト、飲み物はホットミルクや果物のジュースだ。

「みんな、おはよう。今日も朝食おいしそうね」

『キュイ〜』

朝食ができる頃《ころ》に、ヒビキがまだ眠そうにするチェルナを抱《かか》えて食堂に姿を現す。

チェルナは、よく俺やレスカ、ペロにくっついているが、流石《さすが》に朝早くの牧場仕事では起きられない時がある。

そういう時は、ヒビキに見てもらうことが多いのだ。

「ヒビキ、おはよう」

全員がヒビキに挨拶《あいさつ》をして、全員が食卓《しょくたく》に着いてから食べ始める。

朝食の席では、全員で食事を取りながら今日の予定を確認《かくにん》する。

「コータスさんは、今日は騎士のお仕事はありますか？」

「一応、午前中に町の見回りくらいだな。レスカの方はどうだ？」

「久しぶりに晴れたので午前中は、家事を中心にして、午後に平原までリスティーブルを連れて運動させたいですね」

「他の牧場の手伝いとかは入ってないのか？」

「雨季は、雨が降って水遣《みずや》りの手間が減るので、その分農業をやっている方が臨時で仕事に入ることが多いんです」

レスカがそう説明すると、俺は納得しつつ、細かな予定を調整する中、ヒビキが提案してくる。

「午後に仕事が少なくて出かけるなら、ピクニックしましょう！　平原にお弁当を持って出かけるのよ！」

「いいですね、ジニーちゃんのお休みにピッタリですね」

午後の使い方をレスカとヒビキが決めていき、俺もジニーも異論はない。

そして、食事を終えた後は、レスカたちが協力して家事を行う一方、俺はチェルナを連れて、町の見回りに出る。

一度、町の西側に流れる川の様子を見に行けば、増水した川の水も大分減っている。

ただ、養殖所《ようしょくしょ》の水門は、水の循環《じゅんかん》のために微《かす》かに開けられ、決壊《けっかい》を防ぐ土嚢《どのう》も積んだままだ。

次に町中の様子や人の集まる場所を重点的に回りつつ、牧場町の南側にある町の入り口に向かえば、門番の当番の自警団の人たちと会うことができた。

「あっ、コータスさん、おはようございます」

「ああ、おはよう。なにか変わったことはあったか？」

「平和そのものですよ」

門番の自警団は、世間話程度だが、行商人たちから道中の様子などを聞き取りしているが、今の所は異常は報告されていないようだ。

「なるほど。ただ、雨季で異常の痕跡《こんせき》が消えてるだけかもしれない。注意は、引き続き頼《たの》む」

「はい、わかりました」

最近では、牧場町の住人や自警団とも普通に話をできるようになった。

目付きの悪い余所者《よそもの》の俺だったが、後頭部にチェルナが張り付くようになって、親しみやすさが生まれたのかもしれない。

左遷前に所属していた重装騎士団に居た頃に比べれば、とても過ごしやすい。

続いて町の東側——行商人たちが宿泊《しゅくはく》する宿屋や酒場などが集中している場所に足を運ぶ。

普段《ふだん》の見回りでは、行商を終えて酒を飲む行商人やその護衛たちが羽目を外さないか見回るが、雨季のために人は少ない。

その代わり、食堂が併設《へいせつ》された宿屋に見回りで立ち寄った際、声を掛けられる。

「あっ、コータス君、チェルナちゃん。いらっしゃい」

『キュイ！』

「シャルラさん……」

元密偵《みってい》で、今はバルドルの婚約者《こんやく》として、牧場町に住み始めたシャルラさんが声を掛けてきた。

一時期は、敵対関係なのかどうか分からず、警戒《けいかい》のために呼び捨てにしていたが、今は普通に年上の人として敬っている。

ただ――

「その、俺のことを、君付けは……」

「ふふっ、チェルナちゃんは、今日も元気かしら？」

チェルナは、シャルラさんの差し出した指先に擽《くすぐ》られるようにして、キュイキュイと楽しそうに鳴き、俺の君付けの呼び方を軽く流すので、渋《しぶ》い表情を作る。

「……見回りで立ち寄ったが問題などはないか？」

「ありがとう。でも、心配ないわ。これでも密偵だったから、ある程度は自分で解決できるわ」

記憶喪失《きおくそうしつ》だった時期に、斡旋《あっせん》された仕事先の宿屋と食堂の手伝いをシャルラさんは、今でも続けている。

「それに、もし私に問題が起きたら――」

「起きたら？」

「──バルドルさんが駆《か》け付けてくれるから平気よ」

そう言って、嬉《うれ》しそうに微笑《ほほえ》むシャルラさんの惚気《のろけ》話に俺は、余計に渋い表情を作り、頭の上のチェルナは、首を傾《かし》げている。

「……そうか。問題ないなら、見回りの続きをする」

「ええ、じゃあね。コータス君、チェルナちゃん」

手を振《ふ》り、見送るシャルラさんに、チェルナも短い手を振って別れの挨拶をする。

俺は、最後の見回りとして町の北側に足を向ける。

青々とした畑が広がり、更《さら》に町を囲う柵《さく》の外には、平原が広がる。

その向こう側には、【魔《ま》の森】が存在し、それを監視《かんし》する建物が建っている。

「さて、畑の様子は……うん。問題ないな」

俺は、途中《とちゅう》レスカの借りている畑に立ち寄り、元騎士団の駐在所《ちゅうざいしょ》に足を運ぶ。

駐在所の機能を町の役場の一室に移した後は、畑仕事の休憩《きゅうけい》や自警団が【魔の森】を監視するのに活用されている。

「げっ、左遷野郎……」

今日の【魔の森】の監視は、オリバーを含《ふく》む数人の自警団がここに詰《つ》めていた。

俺が見回りに来たことに、露骨《ろこつ》に嫌《いや》そうな顔をするオリバーに構わず、他《ほか》の自警団に話を聞く。

「なにか異常はあったか？」

「異常は、今のところねぇっすよ」

ただそれだけの会話で終わってしまう。

なので俺は、帰ろうかと思い、踵《きびす》を返すと――

「お、おい、左遷野郎！　ちょっと待て！」

「どうした、何か問題でもあるのか？」

「あー、その、だな……この前は助かった！　って、親父《おやじ》が言ってた！」

俺は、なんのことだろうか、と首を捻《ひね》るが、思い出せずオリバーを苛立《いらだ》たせてしまった。

「この前の川が氾濫《はんらん》して、うちのブラックバイソンの8号を引っ張り上げた時のことだ！」

「ああ、あの時のことか」

俺は、思い出し、片手を握《にぎ》ってもう片方の掌《てのひら》をポンと叩《たた》く。

「それで、左遷野郎に渡せって、親父にコイツを持たされたんだよ！」

そして、オリバーに強引に袋《ふくろ》を押し付けられた。

「それは、お礼のブラックバイソンの肉だ！」

袋の中を確認すると、丁寧《ていねい》に油紙に包まれた赤身の肉と肉が傷《いた》まないように温度を冷やす水寒石が入れられていた。

「……オリバー、まさかあの時のブラックバイソンなのか」

増水し濁流《だくりゅう》となった川から助け出したブラックバイソンは、こうして畜産《ちくさん》物になったのか。

そう思うと、少し気落ちしそうになるが、オリバーが怒鳴《どな》り声を上げる。

「そんなわけねぇだろ！　8号とは別のバイソンの肉だ！　8号は、元気に生きてるぞ！」

「そうか……だが、いつかは食われるんだよな」

濁流に呑《の》まれて、何処《どこ》とも知れぬ場所で朽《く》ちるぐらいなら、少しだけ命を長らえ、無駄《むだ》にならないために余すところなく食される。

それがブラックバイソンの本望だろうかと考えるが、オリバーからは胡乱《うろん》げな目で見られる。

「おめぇ、なんか勘違《かんちが》いしてねぇか？　ブラックバイソンの8号は、食用の魔物じゃねぇぞ」

「そう、なのか？」

「チッ、ほんと何にも知らねぇな」

オリバーは、頭の後ろを掻《か》きながら、溜息《ためいき》を吐《つ》いて説明してくれる。

「うちの8号は、種牛ってやつだ。血統的に、肉質が良かったり、体格が大きかったり、健康だったり、そうした要素を多く持った牛のことだ」

子は親の能力や体質が似るので魔物牧場では、優良な繁殖《はんしょく》用の畜産《ちくさん》魔物が確保される。

「8号の子どもは、味や肉質がいいから王室献上《けんじょう》の畜産魔物として選ばれる。それに、8号との交配ってのもうちの牧場の重要な商売だ」

優良《ゆうりょう》な畜産魔物の血統を自身の牧場に組み込むために、お金を払《はら》ってでも優良な血統の畜産魔物と交配を行うことがあるそうだ。

そうした優良な血統の畜産魔物を維持《いじ》し続け、上手《うま》く扱《あつか》えたからオリバーの家の牧場は、町一番の牧場なのかもしれない。

「話はそれだけだ。こっちには俺様がいるから問題ねぇ。左遷《させん》野郎はとっとと帰れ」

オリバーの説明を聞き、ブラックバイソンの肉を持った俺は、牧場町の見回りを終える。

このままレスカの牧場に帰る前に寄る場所があった。

「ロシュー、すまない。もう、できてるか?」

「お前さんか。十日と言ったじゃろう。まぁ、受け取りに来るのが遅《おそ》いなら、代わりにヒビキの嬢《じょう》ちゃんにでも預けておこうかと思ったわい」

俺は、鍛冶屋《かじや》のロシューの工房《こうぼう》を訪《おとず》れると、奥から長剣《ちょうけん》とナイフを持ってロシューが出てくる。

「ほれ、お前さんの注文通り、ミスリルの長剣とミスリル合金の万能ナイフを作ったぞい」

カウンターに置かれたミスリルの長剣を手に取り、早速《さっそく》鞘《さや》から長剣を抜《ぬ》いてみる。

「……軽いな」

以前の長剣に比べて一段と軽くなっている。

「素振《すぶ》りをしていいか？」

「裏手に試《ため》し斬《ぎ》りの場所があるからそこでやれ。ただし、切れ味は、すさまじいぞ」

ロシューの忠告を受けた俺は、工房の裏手にある空き地に案内される。

そこでロシューが、丸太を用意してくれる。

「これを斬るんじゃ」

「わかった」

俺は、ロシューに借りていた鉄剣を返し、新しいミスリルの長剣を佩《は》く。

そして、鞘から長剣を引き抜き、軽く正面に構える。

「シッ――！」

短い吐息《といき》と共に片腕《かたうで》で振るい、丸太を両断する。

そして、丸太が崩《くず》れ落ちる前に、再び長剣を切り返し、空中でもう一太刀《たち》浴びせる。

「……手に馴染《なじ》む。まるで俺の手足のようだ」

「そりゃ、褒《ほ》め言葉じゃな。それにミスリルじゃから魔力を通せば、鋭《するど》さや硬《かた》さが増す」

実際に、身体強化の魔法の要領で魔力を通せば、薄《うつす》らと青白く輝《かがや》く。

「怖《こわ》いほど魔力を通す。折れる前よりも魔力の通りがいいんじゃないのか？」

「ワシが魔力を通しながら鍛《きた》え上げたからのう。鍛造《たんぞう》の方が作る時の手間が掛《か》かる分、魔力が馴染みやすいんじゃ」

そう言って、自慢《じまん》げに胸を張るロシュー。

「ありがたく使わせてもらう」

「くれぐれも扱いに気をつけるんじゃぞ。前のミスリルの長剣だって切れ味はそう悪くなかったが、その剣は輪を掛けて鋭い。むやみに振り回すでないぞ」

「わかった。肝《きも》に銘《めい》じておく」

できれば、使うような事態が起こらなければ良いな、と思いながらミスリルの長剣を鞘に収める。

「さて新しい得物《えもの》の確認《かくにん》は済んだの？　ならミスリル合金の万能ナイフの説明じゃ」

「ああ、頼む」

俺は、もう一つの注文品である万能ナイフについてロシューから説明を受ける。

「お主も知っているじゃろうが、万能ナイフは、言ってしまえば大ぶりで無骨なナイフじゃ」

万能ナイフとは、戦闘《せんとう》に使用することを考えられつつも、採取、解体、調理、藪払《やぶはら》いなど様々な場面で使える多目的ナイフのことである。

そのために、耐久性《たいきゅう》と使いやすさを重視した作りになっており、冒険者《ぼうけん》の汎用的《はんよう》な道具として広く用いられている。

「こやつの切れ味は普通じゃが、ミスリルを混ぜたお陰《かげ》で耐久性・耐腐食性《たいふしょく》が優《すぐ》れておる。じゃが、本当にこれで良かったのか？」

ロシューは、俺がこの万能ナイフを持つのを気にする。

確かに、万能ナイフは、多目的に活用できるが、専用の刃物《はもの》には劣《おと》るために、用途《ようと》に適した刃物を注文して使った方がいい。

俺は、ロシューの誤解を解くために理由を話す。

「俺が使うんじゃなくて、ジニーにプレゼントするものだ」

「リア婆《ばあ》さんの孫娘《まごむすめ》のジニー嬢ちゃんにか？」

「俺が面倒《めんどう》を見ているんだが先日、火精霊《せいれい》と契約《けいやく》を結ぶことができたんだ。その祝いにな」

「なるほどなぁ。昨日、リア婆さんと酒場で飲んだが、その時も孫自慢しておったわい」

リア婆さんは昨晩は、ロシューとも酒場で飲んでいたようで、その姿を想像して微苦笑《びくしょう》を浮《う》かべる。

「色々と助かった。俺は、これで帰る」

「また、面白《おもしろ》い金属があれば、持ってくるんじゃぞ」

俺は、ロシューの工房を後にして、ブラックバイソンの肉とミスリル合金の万能ナイフを持って、レスカの牧場に帰っていく。

●

「コータスさん、おかえりなさい」

「レスカ、ただいま」

洗い立てのシーツの向こう側で洗濯物《せんたくもの》を干していたレスカが顔を出す。

「ん、コータス兄ちゃん。おかえり」

『ワフッ』

『キュイ！』

広げたシーツの向こう側からジニーが顔を出し、続けて、ペロがこちらを覗《のぞ》き込み、チエルナが返事の鳴き声を上げる。

洗濯物干しを手伝うジニーが目敏《めざと》く俺の手元にあるものを見つける。

「コータス兄ちゃん……なに持ってるの？」

「町の見回り中、オリバーからお裾《すそ》分《わ》けを貰《もら》った。あと、ロシューに頼《たの》んでいた長剣を取りに行ったんだ」

「オリバーからお裾分けですか？」

レスカは、オリバーからのお裾分けに訝《いぶか》しげな表情を向けるので、理由を詳《くわ》しく説明する。

「この前の河川が氾濫《はんらん》しかけた時、オリバーの家の種牛を助けたんだ。そのお礼でオリバー経由で親父《おやじ》さんからブラックバイソンの肉を貰ったんだ」

「そうだったんですか。なるほど、そういうことなら……それにお肉には罪はありませんし、美味《おい》しく食べましょう」

俺から袋を受け取り、中を確認したレスカは、パッと表情を明るくして機嫌《きげん》良さそうに微笑《ほほえ》む。

「これをじっくり焼いて、ローストビーフ……いえいえ、綺麗《きれい》な赤身なので、赤ワインで煮込《にこ》んだシチュー、それとも塩こしょうで焼いてシンプルにステーキなんかもいいですね」

レスカは、受け取ったブラックバイソンの肉の塊《かたまり》を見て、色々な料理を口にして悩《なや》む。

「そうだ！　ピクニックのお弁当は、この牛肉を使いましょう！」

レスカは、ブラックバイソンの肉の使い道を決めたようだ。

午後は、ルインの運動とストレス解消のために平原に出かけ、そのついでにみんなでピクニックを楽しむ予定だ。

レスカは、上機嫌に残りの洗濯物を干し、俺とジニーも協力して片付ける。

そしてレスカは、食堂の台所にブラックバイソンの肉を持ち込むと早速ピクニックのお弁当を用意し始め、ジニーもお茶の用意をする。

「あら〜、なに？　その大きなお肉の塊？」

「お裾分けで貰ったんですよ。美味しそうですよね。あっ、そう言えば、前にヒビキさんが言っていた調味料が手に入りましたよ」

「ほんと!?　なら、その味が楽しめるのよね！　嬉《うれ》しいわ」

途中《とちゅう》、ヒビキも集まり、食堂が賑《にぎ》やかになる。

俺は、お弁当が出来上がるまでチェルナを片腕で抱《だ》きかかえ、もう片方の手でペロの頭を交互《こうご》に撫《な》でて待つ。

『『ワフッ〜』』

『キュイ！』

気持ちよさそうに目を細めるペロとチェルナに微笑《びしょう》を浮かべ、次にこちらを窺《うかが》うようにしている存在に目を向ける。

「お前らも出てきたか。ちゃんと仲直りしたか？」

ルインの威圧《いあつ》を受けた後、意気消沈《いきしょうちん》していたマーゴと猫《ねこ》精霊のミアも集まってくる。

『ナカナオリ、シテナイ。ケド、モウ、アラソワナイ』

『ウニャァ～』

互《たが》いに、受け入れるのは相性《あいしょう》的に難しいが、無闇《むやみ》に敵意を向けることはないと告げてくるマーゴとミアは、すぐに互いに距離《きょり》を取る。

マーゴは、ジメッとした部屋の隅《すみ》の日陰《ひかげ》で膝《ひざ》を抱《かか》えるように座り。

ミアは、窓下の太陽の当たる場所を陣取《じんど》る。

その露骨《ろこつ》な棲《す》み分けの様子に俺は苦笑《くしょう》を浮かべる。

「コータスさん。お弁当ができました。少し早いですけど、みんなで平原まで行きましょう」

「ああ、わかった」

レスカが大きなバスケットに入った弁当と少しの荷物を持ち――

肩《かた》に猫精霊のミアを乗せたジニーがお茶の入った水筒《すいとう》を抱え――

ヒビキは、平原に広げる敷物《しきもの》を持ち――

俺は、片腕にチェルナを抱えたまま、ペロと協力してルインを平原に誘導《ゆうどう》する。

そして、俺たちの後ろをコマタンゴたちに担《かつ》がれるようにマーゴが運ばれる。

そんな集団で町中を移動すれば、否応《いやおう》なしに目立ち、牧場町の住人は気さくに声を掛けてくる。

「おや、レスカちゃんや。みんなで揃《そろ》ってどこに行くんだい？」

「晴れているので、リスティーブルの運動がてらピクニックです」

「楽しそうだねぇ。気をつけて行くんだよ」

すれ違《ちが》う度《たび》に、レスカと住人との間でそんなやり取りをする。

それを見る度に、やはりレスカは牧場町の住人に人気があると感じる。

そんなやり取りをしつつ、平原に辿《たど》り着く。

「それじゃあ、ここに敷物を敷《し》きましょうか」

「ミア、お願い」

『ニャァァァッ――』

レスカに場所を指示され、ジニーがミアにお願いする。

温かな光と熱風の精霊魔法《まほう》を使い、昨晩の雨で湿《しめ》った地面の一部を乾《かわ》かしていく。

「ジニーちゃん、もうそれくらいでいいですよ。あまり乾かしすぎると、草が傷《いた》んじゃいますから」

レスカの合図を受けて、ジニーがミアに止《や》めるように伝える。

ミアは、一仕事終えて少し自慢げな様子でジニーに甘えている。

「それじゃあ、敷物を広げるわよぉ！　コマタンゴたちは邪魔《じゃま》しないでねー」

そして、熱と乾燥《かんそう》に弱いコマタンゴたちは、乾かされた地面の一部に恐《おそ》る恐る近づく中、ヒビキが持ってきた敷物を広げ、コマタンゴたちが慌《あわ》てて退く。

その時のコマタンゴたちのコミカルな動きに、俺たちは小さく笑い合い、レスカたちが敷物に荷物を置いていく。

「コータスさん、ルインを放しても大丈夫《だいじょうぶ》ですよ」

「そうだな。好きに動いて行っていいぞ」

俺は、レスカの指示を受けてルインの手綱《たづな》を手放せば、ルインはゆったりと歩き始め、その辺りの草を食べ始める。

「さて、もうお昼を食べるのか？」

「まだ少し早いですし、お腹《なか》を空《す》かせるためにも……遊びません？」

そう言うレスカは、自身の荷物を漁《あさ》り、小さな革製《かわ》のボールを取り出す。

「レスカ、それは？」

「ペロのおもちゃですよ。最近、忙《いそが》しくて余り遊んであげられなかったので、今日は思う存分、ボール遊びをさせたいんです」

レスカが取り出した革製のボールを見たペロは、期待に満ちた表情で尻尾《しっぽ》をかなりブンブンと見たことがないほど振《ふ》っている。

「あー、知ってるわ。それを投げて、『とってこーい』ってやる奴《やつ》でしょ！」

「はい、そうです！　みんなでやりましょう！」

ボールを投げて、ペロに全力で取りに行かせ、思う存分走り回らせることができる。

「それじゃあ、私がお手本を見せますね！　ペロ、待て！」

レスカは、手元にボールがあることをペロに見せつけ、待つことを指示する。

ペロは、お座りの体勢のままボールに視線を釘付《くぎづ》けにしている。

「ペロ、ゴー！」

レスカは、指示を出すと共に、軽く腕《うで》を振ってボールを投げる。

投げ慣れているのか、綺麗な放物線を描《えが》き、ボールが平原を飛んでいき、ペロは、猛《もう》ダッシュでボールを追い掛《か》け始める。

そして、すぐにボールに追い付いたペロは、ボールを咥《くわ》えて、レスカの元に戻《もど》ってくる。

「ペロ、出して！」

『ワン！』

片方の頭が咥えていたボールをレスカの手元に返し、褒《ほ》められるためにお座りして待つので、レスカは、全力でペロを褒める。

そして、再び、レスカがボールを投げるとペロは、猛ダッシュで取りに駆《か》け出す。

「どうです？　コータスさんもやってみますか？」

二回目のボール遊びで戻ってきたペロは、レスカにボールを返し、再び褒められ、次にボールが投げられるのを期待に満ちた表情で待つ。

「なら、少しだけやらせてもらおうか」

「あ、あたしも投げたい！」

「私は、とりあえず見ているわ。あんまりボールを投げるの得意じゃないから」

俺とジニーがペロとのボール遊びを希望し、ヒビキは敷物の上に座ってチェルナと共に、ペロのボール遊びを眺《なが》める。

「はい、コータスさん。ボールです」

レスカから手渡《てわた》されたボールを握《にぎ》れば、妙《みょう》な弾力《だんりょく》がある。

スライムの核《かく》を薬剤《やくざい》で変質させ、そこに革を張ってボールにしたのだろう、と予想を付ける。

「ありがとう。なにか気をつけることはあるか？」

「実は、ペロが成長してから私の投げるボールだと満足じゃないみたいなんで結構強めに投げてもいいですよ」

「わかった。ペロ、取りに行け！」

『『ワフッ⁉』』

レスカの助言に従い、俺は力を込《こ》めて遠くにボールを投げる。

レスカのような緩《ゆる》やかな放物線とは違い、斜《なな》め上に伸《の》びるボールの投擲《とうてき》に、ペロは、驚《おどろ》きの鳴き声を上げるが、すぐに本気になったのか、全力で駆け出す。

一気に平原を駆け抜《ぬ》け、上昇《じょうしょう》していたボールとの距離を詰《つ》めていく。

そして、重力に従い落ち始めたボールに向かって大きく跳躍《ちょうやく》し、空中でボールを咥える。

『ワオォォォォォオン！』

片方の頭は、ボールを咥えて喋《しゃべ》れないが、もう片方の頭が遠吠《とおぼ》えを上げて、尻尾を全力で振って、俺にボールを届けてくる。

「ペロ、出せ」

『ワン！』

「よし、良くできた！」

俺がいつも以上に褒めると、パタパタと尻尾が振られ、ジニーに服の裾《すそ》を引っ張られる。

「コータス兄ちゃん、次、あたし！」

「ああ、じゃあ、ボールだ」

「うん、いくよ、ペロ！」

そうしてジニーもボールを投げる。

ボールを投げ慣れていないために、高く上がってしまったボールをペロが見上げながら、ゆっくりと駆けていき、平原の地面に落ちて、ボールの弾力で大きく跳《は》ね上がったところでキャッチして、戻ってくる。

「ペロ、ボールありがとう」

『ワフッ』

そして、ジニーに褒められるペロだが、ジニーは、ボールの投げ方自体が気に入らなかったのか、投げ方の素振《すぶ》りをしながら何度も首を傾《かし》げている。

そうして、俺とジニーで交互《こうご》にボールを投げて、ペロとボール遊びをしてジニーが疲《つか》れを訴《うった》え始めた頃《ころ》に、一旦休憩《いったんきゅうけい》する。

「コータスさん、ジニーちゃん、お疲れ様です」

ジニーは、全力でボールを投げ続けて疲れたのか、のろのろと敷物に座り、ヒビキが注いだお茶を飲む。

「どうでした？　ボール遊びは」

「良かったよ。肩の鍛錬《たんれん》に良さそうだ」

『『ワン、ワンッ！』』

「ふふっ、コータスさんもペロも楽しめたようで良かったです」

革製のボールを仕舞《しま》うレスカを見て、名残惜《なごりお》しそうにするペロを俺は撫《な》でて落ち着かせる。

程《ほど》よく運動して、また時間も潰《つぶ》せたのでお昼を食べるのには、丁度良い時間となる。

俺たちは、敷物に座り、レスカの作ったお弁当をみんなで囲む。

「それじゃあ、お昼をいただきましょうか」

レスカが全員分のお絞《しぼ》りを渡《わた》し、バスケットを開けてお弁当を公開する。

「今日のお弁当は——ビーフカツサンドです。前にヒビキさんから聞いた液体調味料を作れないか、町の料理屋さんと相談して作った試作品を使ってみました」

異世界人のヒビキは、こちらにない料理のレシピや調味料をレスカたちに口頭で伝え、

それを元に調味料を作り上げたようだ。

牛肉の揚《あ》げ物には、黒いソースが掛けられ、刺激《しげき》的な香《かお》りが漂《ただよ》ってくる。

「それじゃあ、まず一つ。いただきます」

俺は、ビーフカツサンドを一つ手に取ると、ジニーとヒビキも手を伸ばし、食べる。

「………」

「コータスさん、どうですか？」

恐る恐る尋《たず》ねてくるレスカに俺は、感想を口にする。

「旨《うま》いな。ビーフカツに挟《はさ》まっているキャベツの千切りが余分なソースを吸ってる。それにパンの方には、バターとマスタードが塗《ぬ》られているのか」

「はい。揚げ物とソースだけだとしょっぱさと脂《あぶら》っこさが際立《きわだ》つのでヒビキさんのアドバイスでキャベツを間に挟んでいるんです」

そう言って、レスカが説明して自分もビーフカツサンドを食べる。

ジニーは、少し大きめのビーフカツサンドをどこから食べれば良いか四苦八苦しながら大口で食べ、マスタードの塗られた量が多い所に当たったのか、少し涙目《なみだめ》になっている。

「あー、ソースの味は、まだまだ熟成が足りないかなぁ。でも、十分に美味《おい》しいわ」

ヒビキの呟《つぶや》きは、故郷の味の再現にはまだまだ遠いようだが、そんな言葉とは裏腹に表情はとても嬉《うれ》しそうである。

「うん。複雑な味のソースで旨いな」

「そうなんですよ！　コロッケとかにも合いますし、野菜炒《いた》めの時に使えますし、朝の目玉焼きに垂らしてもいいですし、料理の幅《はば》が色々と広がりますよね」

レスカも美味しそうに自分の分のビーフカツサンドを食べ、唇《くちびる》の端《はし》に少しだけソースが付いたのを指で取り、軽く舐《な》め取る。

俺も指に付いたソースを舐め取りながら、呟く。

「このサンドイッチも旨いが、前にレスカの作ってくれたサンドイッチも好きだな。あれも肉に甘しょっぱいソースを使っていたか」

初めてレスカが作ってくれたサンドイッチのソースを思い出して呟くと、レスカは少し驚いたような表情をする。

「コータスさん、覚えていてくれたんですか？」

「あれも美味しかった。また、作ってくれないか？」

「はい！　もちろんです！」

レスカは、嬉しそうに頷《うなず》き、共にビーフカツサンドを食べる。

ペロとチェルナは、それぞれの分もレスカが用意しており、美味しそうに食べている。

そして食事を必要としないマーゴとミアは、平原の適当な場所に移動して、うたた寝《ね》を始めている。

しばらく、全員でお昼のサンドイッチに夢中になって食べて満足した俺たちは、食後のお茶を一頻《ひとしき》り楽しむ。

「美味しかったですね」

「ああ、美味しかったな」

俺たちは、食後の余韻《よいん》に浸《ひた》りながら、穏《おだ》やかな雰囲気《ふんいき》を楽しんでいると、小さな影《かげ》が横切り、空を見上げる。

「うわっ、鳥の群れだ！」

「あれが昨日言っていたダーダル・スワローの群れです。今年も見ることができました」

綺麗《きれい》な編隊飛行を行うダーダル・スワローの群れは、その形状を維持《いじ》したまま北の方に向かう。

そして、南の空を向けば、幾《いく》つかの編隊を組むダーダル・スワローたちが牧場町の上空を通過して北上していくのを眺められる。

「この渡り鳥の群れが通り過ぎれば、雨季が終わって夏になりますね」

レスカの言葉に、静かに聴《き》き入りながら、午後の空を通り過ぎる渡り鳥の群れをただ無言で見上げる。

その時、ふと南の方を飛行していたダーダル・スワローの群れの一つが動きを乱し、急降下を始めていた。

「えっ？」

小さな声が漏《も》れた直後、牧場町の物見櫓《やぐら》から警鐘《けいしょう》が響《ひび》く。

カーン、カーン、カーンと三回叩《たた》かれ、間隔《かんかく》を置いて再び三回。

これは、牧場町の南側で何か問題が起きた時の合図だ。

「南の方で問題が起きたみたいだ。レスカたちは、すぐに牧場に戻《もど》ってくれ」

「分かりました。コータスさん、気をつけて下さい」

「わかった。ヒビキ、頼《たの》む」

俺は、即座《そくざ》に立ち上がり、一番戦えることができるヒビキに頼み、牧場町の南側に走り出す。

「バルドルたちは……集まってるな」

東の平原に出かけていた俺は、身体強化を使って全力で走ってきたために、すぐに牧場町の南側に辿《たど》り着く。

「コータス、来たか!!」

「バルドル、何があった!?」

「南の街道でヒッポグリフ二体が行商人の荷馬車を襲撃《しゅうげき》中だ！　今は、護衛と乱入した鳥の魔物《まもの》が争って被害《ひがい》は――『被害は軽微《けいび》！』――だそうだ！」

物見櫓からの自警団の報告を聞き、辺りを見る。

非番の自警団たちが集まり、装備を持ち出していく。

「自警団の中から十人は荷馬車を守るために付いてこい！　俺とコータスで一体ずつ仕留める。残りは、牧場町の警戒《けいかい》だ！」

『『――応っ！』』

俺とバルドル、同行する自警団の面々は、駆《か》け足でヒッポグリフに襲撃されている地点まで向かう。

そして、すぐに街道で上空からヒッポグリフに襲《おそ》われている荷馬車の一団を発見する。

「三《み》つ巴《どもえ》の状況《じょうきょう》？　いや、ダーダル・スワローが行商人に加勢している？」

上空のヒッポグリフは、羽ばたきながら空中で静止して眼下の荷馬車や行商人、その護衛たちを見下ろし、威嚇《いかく》している。

そんなヒッポグリフの周りをダーダル・スワローの群れが飛び交《か》い、荷馬車に近づけさせないように牽制《けんせい》している。

「あれは、さっきのダーダル・スワローか？　なんで助けるんだ？」

「分からん！　だが、幸い荷馬車に大きな被害はないようだ！」

見た限りの被害は、列を成していた荷馬車の屋根の幌《ほろ》がヒッポグリフの爪《つめ》で引き裂《さ》かれているだけである。

その後、ダーダル・スワローがヒッポグリフに牽制を始め、状況が硬直《こうちょく》しているようだ。

『ピギィ――――ッ！』

ヒッポグリフが周りを飛び交うダーダル・スワローたちを威嚇し、目の前を通りかかったダーダル・スワローに爪を振《ふ》り下ろすが、その攻撃《こうげき》を紙一重《ひとえ》で避《よ》ける。

ダーダル・スワローたちは、美しい軌道《きどう》を描《えが》きながら、代わる代わるにヒッポグリフの背中や頭部に嘴《くちばし》や爪で攻撃を加えていく。

ダーダル・スワローたちは、こうして群れで自分たちより体格に優《すぐ》れた相手を追い返しているのかと感心する一方、バルドルが自警団に指示を出す。

「自警団は、護衛たちと協力して荷馬車を守れ！」

『『──了解《りようかい》です！』』

バルドルの指示に自警団がヒッポグリフに怯《おび》えた馬を落ち着かせて、守りを固める。

『ピギャイィッ！』

狙《ねら》っていた荷馬車に手が出しにくくなり、ヒッポグリフたちは、邪魔《じやま》するダーダル・スワローたちに苛立《いらだ》ちを覚えている。

「ちっ、被害は広がらないけど、手が出しにくい」

一方のバルドルもミスリルのスコップの先端《せんたん》をヒッポグリフの一体に向けて《闘刃砲《とうじんほう》》を放てるように構えるが、ダーダル・スワローたちを巻き込みかねないので放てない。

両者の間に入るダーダル・スワローたちは、ヒッポグリフに攻撃を加えても決定打にならないので、状況が硬直している。

『ピギィイイイッ！』

今まで紙一重で避けていたダーダル・スワローの一体がヒッポグリフの爪に引っ掛《か》かり、空中に羽根が散り、地面に落ちてくる。

「落ちてくるぞ！」

「コータス、意識を逸《そ》らすな！　来るぞ！」

仲間が傷つけられたことで動きが鈍《にぶ》り、距離《きょり》を取るダーダル・スワローたちの隙《すき》を突《つ》いて、ヒッポグリフたちが急降下してくる。

慌《あわ》てたダーダル・スワローたちは、体当たりや爪の引っ掻《か》きでヒッポグリフを止めようとするが、逆にヒッポグリフの体格と急降下の勢いに弾《はじ》かれてしまう。

「それを待ってた！　──《闘刃砲》！」

バルドルの構えるスコップの先端に闘気の赤いオーラが収束し、刃《やいば》の形となって放たれる。

先頭のヒッポグリフは、僅《わず》かに体を傾《かたむ》けて避けようとしたが、片方の翼《つばさ》を打ち抜《ぬ》かれ、バランスを崩《くず》して地面に墜落《ついらく》する。

「──《重圧の魔眼》！」

バルドルは、地面に倒《たお》れたヒッポグリフに、圧力を加えて動きを封《ふう》じる。

そして、迫《せま》るもう一体のヒッポグリフは、俺が相手をする。

「──《ブレイブエンハンス》《デミ・マテリアーム》！」

ミスリルの長剣《ちょうけん》を構え、身体強化魔法を使い、更《さら》に半物質化した魔力の籠手《こて》で両腕《りょううで》と長剣の表面を覆《おお》う。

「そこっ！」

俺は、迫るヒッポグリフの体に下から上へと突きを放つ。

ミスリルの刀身がすっとヒッポグリフの首に吸い込まれ、軽く腕を振るう。

ヒッポグリフは首を斬《き》り裂かれ、途中《とちゅう》で力が抜けたように倒れ、急降下の勢いで地面にぶつかって止まる。

そして、遅《おく》れてヒッポグリフの首から血が溢《あふ》れ出す。

『『うぉぉぉぉっ⁉』』

襲ってきた二体のヒッポグリフを瞬《また》く間《ま》に倒す。

その光景に、町の自警団や行商人、その護衛たちからも歓声《かんせい》が上がる中、俺はバルドルの方を振り返る。

「これで、終わりだ！」

バルドルが、《重圧の魔眼》で動きを止めたヒッポグリフの首に闘気の纏《まと》ったミスリルのスコップを押し当てて、首を落としているのが見えた。

「おう、コータスの方も終わったか？」

「首を掻き切って、致命傷《ちめいしょう》を負わせた。これからトドメを刺《さ》す」

「なら、気をつけろ。手負いの獣《けもの》は怖《こわ》いぞ」

俺は、分かっていると頷き、か細い息を繰《く》り返し、血を溢れさせるヒッポグリフに近づく。

　せめて苦しみが続かないように一太刀《たち》で倒す、と思い近づく。

『ピギャイィッ！』

　そんな俺を血走った目で見るヒッポグリフは、甲高《かんだか》い鳴き声を上げて立ち上がり、駆け出してくる。

「なっ!?　くっ！」

　直感的に、危険だと感じた俺は、狂乱《きょうらん》したヒッポグリフを倒すために動き、剣を振るうが、間に合わず、片翼《かたよく》を切り落とすだけになってしまう。

　また、バルドルも《重圧の魔眼》で動きを封じ込めようとするが、勢いづいた魔物の死力の突撃《とつげき》を弱まらせるだけだった。

「お前ら！　避けろ！」

　バルドルが怒号《どごう》を響かせる。

　だが、ヒッポグリフが倒されたことに安堵《あんど》して武器を下ろしている自警団や商人の護衛たちは、すぐさま反応ができなかった。

　自警団や護衛たちは、慌ててヒッポグリフの突撃を左右に避け、荷馬車の前まで道を空ける。

狂乱したヒッポグリフは、目に付く荷馬車に向かって突撃していくが――

『ツピィィッ――！』

「なっ⁉　さっき打ち落とされたヤツか！」

ヒッポグリフの爪を受けて、地面に落ちていたダーダル・スワローが低空で飛び、狂乱したヒッポグリフの横腹に体当たりをしていた。

互《たが》いに縺《もつ》れるように倒れる中、ヒッポグリフの後ろ足がダーダル・スワローに当たり、周囲に羽根を散らしながら、大きく蹴《け》り飛ばされる。

「今だ！」

その一瞬《いっしゅん》の妨害《ぼうがい》で追いついた俺は、ヒッポグリフの首にミスリルの長剣を当てて、今度こそ斬り落として討伐《とうばつ》した。

「何故《なぜ》、ダーダル・スワローたちは、商人を助けたんだ？」

俺が、ぽつりと呟《つぶや》く中、ヒッポグリフの蹴りを受けたダーダル・スワローは地面に蹲《うずくま》っている。

群れの仲間たちは、そんなダーダル・スワローの周りを跳《と》び回っていたが、起き上がれず、飛べないと見ると、見捨てて、新しく編隊を組んで北に飛んでいく。

「お前ら……怪我《けが》人がいないか確認《かくにん》と手当だ！　無事なヤツは、商人の移動と町への伝令を頼む！」

バルドルは、自警団に後処理の指示を出す。

自警団たちは、ヒッポグリフの突撃を避けた際、転んで手足を擦《す》り剝《む》いたり、足首を捻《ひね》った者もいたが、幸い軽傷者が数人だけで、俺とバルドルは、安堵する。

だが、軽傷者といえど、俺が初撃で仕留め切れなかったばかりに被害を出してしまったことに後悔《こうかい》する。

「俺が一撃で倒し切れていれば……」

そんな俺の呟きに、バルドルが俺の頭に拳骨《げんこつ》を振り下ろしてくる。

「……痛いぞ」

「コータス。お前のその考えは、自分一人でなんでもやるべきだ、って傲慢《ごうまん》な考えだ。そんな考え捨てろ」

俺は、バルドルに叱《しか》られ、自分がそんな風に思っていたのか、と愕然《がくぜん》とする。

「お前が一撃で倒し切れるかどうかなんて、問題じゃない。俺たちの目的は、死傷者や余計な怪我人を出させないことだ。極論、襲ってきた魔物を追い返すだけでいい。後の討伐は、冒険《ぼうけん》者や町の狩人《かりゅうど》に任せるんだからな」

バルドルの言葉に俺だけではなく、後処理や不用意な怪我をした自警団の面々が俯《うつむ》き、聴《き》き入っている。

「魔物《まもの》は、他《ほか》の生き物より生命力が強いから上位の冒険者でも一撃で仕留め切るのは困難だ。だが、俺が訓練した自警団なら、Dランク程度の魔物の襲撃《しゅうげき》なら追い払《はら》えるはずだ」

バルドルからの信頼《しんらい》の言葉に、この場にいる自警団の面々が感動したような視線を向けるが――バルドルの表情が、ニヤッと悪い顔になる。

「今回は最悪だ。倒したと思って油断と慢心《まんしん》して、つまらない怪我をした。次の訓練は厳しくする」

バルドルがそう言い切ると、自警団の面々は、肩《かた》を落とし落胆《らくたん》する。

そして、そのままのやる気で、襲撃してきたヒッポグリフの死骸《しがい》の回収と運搬《うんぱん》、町への伝令、行商人の護衛などを手伝う。

そんな中、俺とバルドルの所に助けられた行商人の男性が近づいてくる。

「助かりました。お陰《かげ》で積み荷を失うこともありませんでした」

「いや、こちらも町の傍《そば》での魔物の襲撃を見過ごすわけにもいかない」

バルドルがそう話す一方、行商人は、ちらりとヒッポグリフの爪と蹴りを受けて蹲るダーダル・スワローに目を向ける。

「すみませんが、あの魔物は、この先の町の牧場で飼われている魔物ですか?」

「いや、野生の魔物だ。たまたま上空を飛んでた渡《わた》り鳥《どり》なんだが……」

「では、何の関《かか》わりもない私たちを助けてくれたのですか……」

俺たちが辿《たど》り着くまでダーダル・スワローたちがヒッポグリフを牽制《けんせい》していたお陰で、荷馬車は無事で、行商人やその護衛たちも大きな怪我を負うことはなかった。

「野生の魔物で群れからも見捨てられた。普通《ふつう》なら、このまま捨て置くが……」

「できれば、助けてあげてください。我々を助けて死んでしまうのは、不憫《ふびん》でならない」

「だが……」

「私のエゴだということも分かります。治療費《ちりょう》は、私が出します」

そう申し出る行商人にバルドルが困惑《こんわく》し、俺も頼《たの》み込む。

「バルドル、俺からも頼めないか？」

「コータスもかぁ……って、お前らもか」

バルドルの指示で後処理をしていた自警団の面々も作業の手を止め、バルドルを見つめていた。

なぜ、ヒッポグリフを牽制したのか分からないが、この場にいる多くの者は、見捨てられたダーダル・スワローに助けられたのだ。

「ああ、わかった！　なら、ヒッポグリフの死骸の回収は後回しだ！　その渡り鳥の魔物を牧場町まで運べ！　リア婆《ばあ》さんも呼んで治療だ！」

『『『──了解《りょうかい》！』』』

生き生きと作業する自警団の面々。

彼らは、魔物牧場を継《つ》げない次男坊《ぼう》や三男坊が多い。

そして、牧場を継げなくても、魔物好きな人が多く、友好的な魔物を見捨てることができないお人好しだ。

手持ちの道具でダーダル・スワローに応急手当して、慎重《しんちょう》に牧場町に運ぶ。

その際、暴れたり、混乱することなく素直《すなお》に治療を受ける様子に、妙《みょう》に人慣れした魔物のように感じる。

「もしかしたら以前、誰《だれ》かに調教されていた魔物かもしれないな」

「かもな。トレント牧場みたいにある程度育ったら野生に帰した個体かもしれん」

俺の呟きに、バルドルがそう答える。

俺たちは、後処理に奔走《ほんそう》し、無事に行商人を牧場町まで連れて行くことができた。

襲《おそ》われたことで荷馬車を牽《ひ》く馬たちが怯《おび》えているので、馬たちの養生や一部傷《いた》んでいる荷馬車の修理に少しの間、牧場町に滞在《たいざい》して再び行商に旅立つ予定らしい。

こうしてヒッポグリフの襲撃は、終わるのだった。

魔物図鑑
Monster guide
NO.19

ヒッポグリフ

討伐ランク▶D−〜D+

グリフォンと雌馬との間に誕生したことが起源の魔物。

飛行能力を持ちつつ、地上では馬の脚力で移動することが可能であるために、空と地上に適応できる騎乗魔物として有名である。

卵から育てた場合、刷り込みにより、非常に従順で扱い易い魔物のために調教師に人気。ただし、血肉の味を覚えた野生のヒッポグリフは、獰猛な害獣となる。

【備考】
ランクSS▶測定不能。天災級の強さ　ランクS▶勇者・英雄・魔王級、半伝説級の存在
ランクA▶超一流の人間が複数人で討伐可能
ランクB▶人間単独での対処の限界。一流冒険者、もしくは近衛騎士級の人間が複数人必要
ランクC▶一人前の冒険者複数人、もしくは、ベテラン冒険者が個人で討伐可能
ランクD▶一般男性が複数人、もしくは、一人前の冒険者が個人で討伐可能
ランクE▶一般の成人男性が個人で討伐可能
ランクF▶子どもが倒すことができる　ランクG▶ほぼ無害

五章　左遷騎士《させんきし》と【魔《ま》の森】への採取

ヒッポグリフの襲撃が終わり、後片付けを自警団の面々に任せたバルドルは、町の代官であるパリトット子爵《ししやく》や長老衆への報告に向かう。

残された俺は、やることがなく、自然と牧場町に運び込まれたダーダル・スワローの場所に向かった。

「すまない。治療のために運ばれた魔物の様子を見に来た」

牧場町の屋根付きの馬小屋に寝《ね》かされたダーダル・スワローに、治療行為《ちりようこうい》が行われていた。

「あっ、コータスさん」

「レスカ、どうしてここに？」

その中で、治療をしていたリア婆さんとレスカが振《ふ》り返ってくる。

「ダーダル・スワローに関して詳《くわ》しいのが、私だったので呼ばれたんです」

各魔物牧場は、飼育する魔物に対しての造詣《ぞうけい》が深く、知識の蓄積《ちくせき》もある。

だが、ダーダル・スワローに関しては、牧場としての知識がないので、幅広《はばひろ》く魔物の知識を修めるレスカが必要になったようだ。

「そうなのか。それで、状況《じょうきょう》はどうだ？」

「それは今から確かめるところです」

ヒッポグリフの爪《つめ》で引っ掻《か》かれた場所は、羽根が抜《ぬ》け落ち、三本線の爪痕《つめあと》から血が滲《にじ》んでいるが、傷は浅いようだ。

表面上は、軽傷なようにも見えるが、ヒッポグリフの蹴りを受けているためにレスカとリア婆さんは、ダーダル・スワローの体位を変えながら触診《しょくしん》する。

「打撲《だぼく》による内出血はしていますが、幸い内臓破裂《ないぞうはれつ》はしてないみたいですね」

「引っ掻き傷は、毎日、傷薬を塗《ぬ》っておけば、一週間もすれば治るだろう。打撲による内出血は、飲み薬を飲んで安静にしていれば、命に別状はないよ」

「そうか、よかった」

レスカとリア婆さんの診断《しんだん》に、俺が安堵《あんど》の吐息《といき》を漏《も》らす中、レスカとリア婆さんが治療をしていく。

レスカが引っ掻き傷を消毒の際、傷口が染《し》みるのか、うつ伏《ぶ》せに寝かせられたダーダル・スワローが苦しげな声を上げるが、特に暴れる様子はない。

「これで治療は終わりです。あっ……」

包帯を巻いて安堵の表情を浮《う》かべるレスカの小さな呟《つぶや》きが漏れ、俺は怪訝《けげん》に思って尋《たず》ねる。

「レスカ、どうした？」

「……コータスさん。これを見て下さい」

俺は、レスカの傍に立ち、ダーダル・スワローの翼《つばさ》の下を覗《のぞ》き込む。

ダーダル・スワローの脚《あし》には、金属で作られた筒《つつ》のような物が取り付けられていた。

「さっき見つけたんです。多分、手紙を中に入れて運ばせる防水筒《ぼうすいとう》です」

「つまり、誰かに調教された魔物ってことか？」

「そこまでは分かりませんが、人慣れした個体なのは確かですね」

このダーダル・スワローは、渡り鳥の習性を利用して遠方との手紙のやり取りを任せられていたのかもしれない。

そのために、人慣れし、襲われている行商人を助けて、その過程で怪我《けが》を負ってしまう。

そう考えると、人慣れしない方が良かったのかもしれないと思ってしまう。

「それと、ですね……」

言い淀《よど》むように視線を彷徨《さまよ》わせたレスカは、意を決したように口を開く。

「あのダーダル・スワローは、空を飛べません」

「それは、どういうことだ？」

傷は浅く、蹴《け》られた打撲も安静にしていれば野生に帰せると思ったが、何故《なぜ》、空が飛べないのか。

「正確には、今は空を飛べない、です。ヒッポグリフの爪と蹴りで、ダーダル・スワローの風切り羽が切られたり、抜け落ちているんです」

風切り羽とは、鳥系の魔物にとって飛ぶ時に、空気を掴《つか》み、上昇《じょうしょう》するのに重要な羽根である。

野生の鳥にとって風切り羽を失うことは、飛べない以外にも、自力で餌《えさ》を得るのが困難になり、死ぬことと同義になる。

「それは、致命的《ちめいてき》じゃないのか？」

「いえ。こうして保護していますので、いつかは野生に帰すことはできます。ですが羽根の生《は》え替《か》わりを待つと今回の雨季の移動には間に合わないと思います」

ただ治療して野生に帰せばいいと軽く思いバルドルに頼んだ俺の甘さを覚える。

そんなレスカは、慌《あわ》てて話を補足する。

「自然と羽根の生え替わりを待つと雨季が終わってしまいますが、羽根の生え替わりを早める薬を使えば、たぶん間に合うと思うので深刻に考えなくても大丈夫《だいじょうぶ》ですよ！」

「そう、なのか？」

レスカの言葉を聞いて、俺は、リア婆《ばあ》さんに尋ねると、苦笑《くしょう》を浮かべて頷《うなず》く。

「確かに、【羽根生え薬】ってものはあるね。とりあえず、その薬も用意するよ」

そう言って、リア婆さんは、これ以上やることはないと荷物を纏《まと》め始める。

「リアお婆さん、お疲《つか》れ様です」

「いや、レスカ嬢《じょう》ちゃんの手際《てぎわ》が良くて、私なんて居なくても良かったさ。それで、これからどうする？　この魔物を野に帰すまで誰が面倒《めんどう》を見る？」

リア婆さんに言われて、その後の面倒まで見るのを考えていなかった。

治療して終わりではなく、野生に帰すまでが助けるということを思い出す。

助けたいと言い出した俺が面倒を見ることになるが、俺は居候《いそうろう》の身だ。

「レスカ……」

「コータスさん、話は聞いていますよ。大丈夫です」

「レスカ、すまない。勝手に決めて」

「いいんですよ！　むしろ、コータスさんが魔物を大事にしてくれて嬉《うれ》しいです」

不甲斐《ふがい》ない俺に対して、レスカは微笑《ほほえ》みを浮かべて、リア婆さんに向き直る。

「話は決まったようだね。レスカ嬢ちゃんの牧場に運べば良いんだね？」

「はい。よろしくお願いします」

「一応、餌とかは後で運ばせるよ！　治療費《ちりよう》やら薬代、餌代とかは、さっきの行商人に請《せい》求《きゅう》しておくから安心しな！」

そうして、治療を終えて穏《おだ》やかな寝《ね》息《いき》を立てているダーダル・スワローをリアカーに載《の》せて、レスカの牧場に運ぶ。

俺とレスカもその運搬《うんぱん》を手伝い、レスカの牧場の空きのある牛舎に新しく藁《わら》を敷《し》き、その上にダーダル・スワローを寝かせる。

「ルイン、ちょっとの間、新しい同居人が来たけど、仲良くね」

『ヴモ～』

午後のピクニックが中断されてやや不機《ふき》嫌《げん》っぽいルインであるが、運び込まれた傷ついたダーダル・スワローを見て、仕方がないといったような溜息《ためいき》を吐《は》き出す。

そして、ダーダル・スワローを運んでくれた自警団の面々や治療を手伝ってくれたリア婆さんに礼を言う。

「ありがとう、助かった」

「いいのさ。ところでジニーは、どうしてる？　楽しんでいたかい？」

「はい。昨日は、お泊《と》まりを楽しみましたし、今日もあの騒《さわ》ぎまでは平原に出かけてピクニックをしてました」

「そうかい。それはよかった」

リア婆さんがレスカの報告を聞いて、嬉しそうに微笑みを浮かべる。

「あたしも夏になれば、【魔の森】で薬の素材集めに泊まりで出かけるかもしれない。そういう時は、レスカ嬢ちゃんに預けるかも知れないけど、また頼《たの》めるかい？」

「わかりました。その時は、お預かりします」

レスカがそう答えると、リア婆さんは満足そうに頷き、ジニーを連れて帰る。

「コータス兄ちゃん、レスカ姉ちゃん、ヒビキ姉ちゃん、ばいばい。また来る」

「ジニーちゃん、また来てくださいね」

帰り際、ジニーは、少し名残惜《なごりお》しそうにするが、レスカの一言に嬉しそうに微笑む。

そして、リア婆さんと一緒《いっしょ》に薬屋に帰っていく。

「ああ、ジニーちゃんが帰っちゃった……ぶぅ〜、夜のパジャマパーティーはできないし、ピクニックは中途半端《ちゅうとはんぱ》に終わるし」

唯一《ゆいいつ》、チェルナの面倒を見ていたヒビキが、チェルナを抱《かか》えてふて腐《くさ》れるようにしてジニーの見送りに出てくる。

雨が多い梅雨《つゆ》の時期に、久々の晴れた日なのに台無しにされた感じがあったのか、出た不満に、レスカは苦笑を浮かべ、俺は、分からないでもないと小さく溜息を吐き出す。

そして、ヒッポグリフの襲撃《しゅうげき》が終わり、怪我をしたダーダル・スワローの介抱《かいほう》が仕事の一つに加わり、数日が経《た》つ。

「今日も、空を見上げているのか」

「上空を飛ぶダーダル・スワローたちの群れを見ていますね」

「確か、群れからはぐれた渡《わた》り鳥《どり》も後から来る群れに加わって移動するんだよな」

「はい。なので、まだ間に合いますよ」

雨季の時期、風雨に乗って牧場町の上空を通過する渡り鳥の群れが見られる。

牛舎の換気《かんき》用の窓や開け放った入り口から空を見上げるダーダル・スワローの哀愁漂《あいしゅうただよ》う後ろ姿を見ることが多い。

そんな姿をペロやチェルナが心配そうに見つめ、同じ牛舎のルインは、辛気《しんき》臭《くさ》い雰囲気《ふんいき》に鬱陶《うっとう》しそうにしている。

俺とレスカは、努めて明るくダーダル・スワローに話しかけるが、その餌入れは手を着けられていない。

「食事を食べないと怪我の治りも悪くなる。それに【羽根生え薬】の素材が揃《そろ》って群れに帰る前に、倒《たお》れる。頼むから食べてくれ」

俺の願いにもダーダル・スワローは、淀んだ瞳《ひとみ》で空を見詰め、餌を食べない。

鳥系の魔物は、比較的《ひかくてき》知能が高く、与《あた》えられた役割に誇《ほこ》りを持つ者もいる。

ダーダル・スワローは、脚に着けられた手紙を運ぶことを誇りに思い、それが失敗した自分は、無価値だと本能を押し殺して自ら死を選ぼうとしているのだ。

「……お願いですから餌を食べてください。このままだと死んじゃいますよ」

泣きそうなレスカの言葉にも反応しないダーダル・スワロー。

俺とレスカは、自ら死を選ぼうとする魔物を本当の意味で助けることができなかった。

そんな時、牛舎の入り口で足音が聞こえて、俺とレスカは振《ふ》り返る。

「コータス兄ちゃん、レスカ姉ちゃん。その話、本当？」

「「ジニー（ちゃん）……」」

そこには、一通の手紙を大事そうに抱え、ミアを連れてきたジニーが立っていた。

「助けた渡り鳥の魔物が死にたいって、本当なの？」

子どもらしい、純粋《じゅんすい》だが芯のある瞳を向けられ、俺とレスカは、言葉が出てこない。

そんな俺たちの無言をジニーは、肯定《こうてい》だと感じ取り近づいてくる。

「あたし、お礼を言いに来たの」

「お礼？」

「そう！　あの行商人さんたちを助けてくれなかったら、お父さんとお母さんからの手紙が届かなかったから！」

そう言って、俺たちに見せるように大事そうに抱えていた手紙を掲《かか》げる。

手紙の配達とは、各ギルドに預けられ、各地を巡《めぐ》る行商人や冒険者《ぼうけん》たちに預けられ、目的地に近いギルドに運ばれる。

手紙は、そうやって少しずつ運ばれていく。

だが、時に運搬する行商人や冒険者が魔物や盗賊《とうぞく》に襲撃されることがある。

行商人の手紙の配達は、採算性の低い積み荷であり、大抵《たいてい》は襲《おそ》われた時、真っ先に切り捨てる荷物に含《ふく》まれる。

今回のヒッポグリフの襲撃でも、最後尾《さいこうび》の荷馬車に手紙が載せられていたらしい。

「だから、無事に手紙が届いたのは、助けてくれたダーダル・スワローのお陰《かげ》だから、お礼を言いに来たら、さっきの二人の話が聞こえた」

「そうだったのか」

自分の手紙を運ぶ使命を果たせず、他人の手紙が無事に運べた。

保護したダーダル・スワローにとって、救いになるか、皮肉になるか分からない。

「あたし、会ってお礼を言いたいの。それと元気になれるように、あたしもできることしたい」

「……ジニーちゃん。わかりました」

俺は、大丈夫だろうかと心配になるが、レスカが保護したダーダル・スワローに会わせることに決め、ジニーを牛舎で休むダーダル・スワローの元に案内する。

「こんにちは」

『………』

無気力そうな様子でちらりと俺たちの方を見たダーダル・スワローは、再び牛舎の窓の外を見上げる。

ジニーが近寄り、しゃがみ込み語り始める。

「あたしは、お礼を言いに来た。あの行商人を助けてくれて、ありがとう。お陰でお父さんとお母さんの手紙が無事に届いたんだ」

無言のダーダル・スワローは、ジニーの話を聞いているのか分からないが、それでもジニーは語り続ける。

「手紙には、お父さんたちが最近なにをしたとか、どこにいるとかが書いてある。日付は一ヶ月以上も前だけど、それでも無事な証《あかし》が届いたのが嬉しい」

『………』

「手紙の内容も大事かもしれないけど、届いたことも大事。お父さんとお母さんが今どこにいるか分からないからあたしからは送れない。けど、それでも嬉しい」

『………』

「あなたの預かった手紙が誰《だれ》が誰に渡すのか分からない。でも、その手紙が無事に届くのは、嬉しいことだと思う」

ジニーの言葉に、窓の外を見上げていたダーダル・スワローが少しだけ首を動かす。

「手紙を待ってる相手がいるなら届けて欲しい。あたしが、ちゃんと飛べるようにするから」

『………ツピー』

微《かす》かな鳴き声を上げるダーダル・スワローは、立ち上がり、餌《えさ》入れのところに歩き出し、少しずつ餌を食べ始める。

「良かった、食べてくれて。ジニーちゃん、ありがとうございます」

レスカは、涙《なみだ》ぐみながらお礼を言うが、ジニーは首を横に振る。

「ううん。飛べるようにするには、【羽根生え薬】を作る必要がある、でしょ？」

そう言ったジニーが立ち上がり、俺たちを見上げてくる。

「たしか、リア婆さんが【羽根生え薬】を用意してるんだよな」

リア婆さんの孫娘《まごむすめ》だから、薬の存在を知っていても不思議じゃないのか、と思い頷《うなず》くが、ジニーは真剣《しんけん》な表情で答える。

「【羽根生え薬】は一年を通して作れるし、材料の殆《ほとん》どが牧場町で集まる」

「じゃあ、作れるのか――『でも』――」

安堵《あんど》した俺に声を被《かぶ》せるジニーは、【魔《ま》の森】の方を見つめる。

「唯一、【コーヴィクスの花】だけは、【魔の森】に行かないと採れない。それに使用期限もあるから作り置きはしない」

「じゃあ、リア婆さんが採取に行くんだろ？」

俺が尋《たず》ねると、ジニーは不満そうに首を横に振る。

「お祖母《ばあ》ちゃんは、すぐ採取に行かない。だから、あたしが代わりに採りに行く」

突然《とつぜん》のジニーの宣言に俺は、目眩《めまい》を起こしたような気分になる。

●

「ちょっと待て、ジニー！　採りに行くって【魔の森】にか!?」

ジニーの言葉に俺は、慌《あわ》てる。

「大丈夫《だいじょうぶ》、ここから一日の場所に生えてるってお祖母ちゃんが言ってた。それに生えやすい場所の特徴《とくちょう》も知ってる。この子の分だけなら平気」

「リア婆《ばあ》さんがすぐに採取に向かわないのには、理由があるだろう？」

「あると思う。でも、梅雨の時期が過ぎたら、群れに帰せないよ」

ジニーの言うこともその通りと思い、俺は、口を噤《つぐ》んでしまう。

「無茶だ。往復で二日を【魔の森】で過ごすことになるぞ！」

「あたしなら大丈夫。今なら、ミアがいる」

『ニャァ～』

任せろ、とばかりに主張する猫精霊《ねこせいれい》のミアの鳴き声に、不安しかない。

「ジニー、落ち着け。頼むから少し待ってくれ」

「お祖母ちゃんもコータス兄ちゃんも、遅《おそ》すぎる！」

ジニーに怒鳴《どな》られ、そして牧場町の方に走って行ってしまう。

そんなジニーの後ろ姿を見つめながら、俺は溜息《ためいき》を吐《は》き出す。

「レスカ……俺は間違《まちが》えてるか？」

ダーダル・スワローを思えば、早く羽根を生やして群れに帰したい。

だが、そのためには、俺やジニー、リア婆さんには、無茶はさせられない。

「いえ、どっちも間違えてませんよ」

レスカの言葉を聞き、長い息を吐き出し、心を落ち着ける。

「……レスカ、少し牧場仕事を休みたいがいいか？」

「はい。マーゴやコマタンゴたちも居ます。コータスさんの好きにしていいですよ」

振り返ったレスカの顔を見れば、優《やさ》しい微笑《ほほえ》みを浮《う》かべている。

俺は、直近の牧場仕事を終えて、牧場町の様々な場所に足を運び、根回しや準備を行う。

まずは、バルドルに会って、ダーダル・スワローを群れに戻《もど》すために【羽根生え薬】が必要であり、その素材を採取するために【魔の森】に出かけることを伝えた。

「すまないが、そういう理由で、数日休ませて欲しい」

「気にするな！　元々、俺一人と自警団でやってたんだ！　行ってこい！」

「ありがとう。恩に着る」

「その代わり、帰ったら俺にも休みを代わってくれ。シャルラと気晴らしに出かける時間が欲《ほ》しいんだ」

こっそりと俺に伝えてくるバルドル。

現在、同棲《どうせい》しているシャルラさんとの時間を確保したいという惚気《のろけ》に、俺は頷く。

続いて、ジニーの保護者であるリア婆さんにも、事情を説明し、ジニーが暴走しそうなことを説明すると――

「なんだい。そんなことか！　いいよ、むしろ連れて行きな！」

「……ここは、反対するところじゃないのか？」

「まぁ、止めても行くだろうからね！　あたしの息子《むすこ》がそうだったさ！　だから、最初から信頼《しんらい》できる人に預けると決めてたんだよ」

俺は、こめかみを押さえ、頭が痛い、という姿勢を取る。

そう言えばリア婆さんは、すぐには採取に向かわないらしくそれを尋ねる。

「ジニーからあたしが【魔の森】に採取に行かないことを聞いたのかい？」

「ああ、それを不満そうにしていたが……」

困った子だねぇ、と苦笑いするリア婆さんは、理由を説明してくれる。

「雨季の【魔の森】は、歩きづらくて危険なのさ。だから、綿密に計画を立てて、狩人《かりゅうど》や町専属の冒険者と相談して採取に向かう。その準備の時間が必要なのさ。それをジニーの目からしたら、採取に行かないように見えたのかね」

若いねぇ、と呟《つぶや》くリア婆さんに、俺はなるほどと納得《なっとく》する。

「そうだったのか」

「例年通りなら、雨季はもう少し続くし、薬を作るのは間に合う。危険を冒《おか》して、採取に向かう必要もない。薬師《くすし》は、他人の命だけじゃない、薬を作り伝える自分の命も守らなきやね」

リア婆さんは、ニシシと笑いながら説明し、一枚の紙にサラサラと何かを書き込む。

「コータスが欲しいのは、【コーヴィクスの花】に関しての情報だろ？」

「ああ、なるべく採取する対象の情報は欲しいからな」

俺の言葉に、嬉《うれ》しそうにニヤニヤとした笑みを浮かべるリア婆さん。

「やっぱり、あんたがジニーに付いていてくれて助かるよ。火精霊と契約《けいやく》できたけど、まだまだジニーは、子どもだからね」

「ああ、できるだけ教えるつもりだ」

「とりあえず、野営訓練のついでに採取ってことで許可するよ。あんたなら【魔の森】でもジニーを守ってくれると信じてるよ」

俺は、最大の関門だと思っていたリア婆さんから許可を貰《もら》う。

野営などに必要な保存食や寝具《しんぐ》、その他、細々としたサバイバル道具、バックパックなどを購入《こうにゅう》し、【魔の森】に入る仕事の牧場町の住人やランドバード牧場を訪《おとず》れる。

狩人や牧場町専属の冒険者に、この時期の【魔の森】に関して教えてもらうなどの準備に、丸一日を要した。

夜には、日中集めた道具の状態と自身の装備を確かめる。

「武器は、ミスリルの長剣《ちょうけん》がある。それに、圧縮木刀は杖《つえ》代わりになるか」

他《ほか》に、農業で使うスコップを、手に取り必要か考える。

「採取が目的だから、使えるか。持って行こう」

そうして荷物を選別していると、ふと、ジニーが火精霊と契約できた記念に渡《わた》そうと思っていた万能ナイフを手に取る。

「これも持って行こう」

そして、準備を整えた俺は、ベッドで眠《ねむ》りに就《つ》き、夜明け前を迎《むか》える。

「んっ、ジニーが動いたか」

ベッドで寝《ね》ていた俺の元に何体かのコマタンゴたちがわらわらと集まり、俺を起こしに来る。

日中、マーゴに頼《たの》み、ジニーが勝手に【魔の森】に出かけないように監視《かんし》を頼んだが、動き出したようだ。

俺は、小雨の降る暗い空を窓から見上げ、雨具を羽織り、用意した野営道具を持つ。

全《すべ》ての準備を整えた俺は、誰にも気づかれないようにレスカの牧場を出るつもりだった。

「あっ、コータスさん、おはようございます」

「水臭《みずくさ》いじゃない、一人だけ起きるなんて」

「レスカ、ヒビキ。なんで起きているんだ？」

だが、既《すで》にレスカとヒビキが先に起きていた。

「これから大変だと思うので、せめて簡単に食べられるものだけでも」

「私からは、これよ。前に渡した魔物の革《かわ》で作った【賢者《けんじゃ》】謹製《きんせい》のお守りよ」

レスカは油紙に包まれたサンドイッチを、ヒビキは二人分の革細工のお守りを手渡《てわた》してくる。


それらを受け取ると、ペロの背に乗っていたチェルナが俺に飛びついてくる。

『キュイ！』

「うおっ⁉　チェルナ、どうした？」

『キュイ！　キュイ！』

「コータスさんが出かけるので、拗《す》ねているのかもしれませんね」

「私の方が妬《や》けちゃうわよ。最近はレスカちゃんやコータスよりも親しくなれていると思ったのに」

「遊びじゃないんだが……」

チェルナは、これから【魔の森】に出かけていく俺に不満を示す。

できれば安全なレスカの牧場で待っていて欲しいが、そんな俺の頭に突如《とつじょ》念話が響《ひび》く。

『連れて行けば、よかろう』

「むっ、アラドか？」

俺は、アラドからの念話に眉《まゆ》を顰《ひそ》める。

『以前にも言ったように、チェルナとて真竜族《しんりゅう》の一種。雨程度でどうにかなることもあるまい。それに世界を広げてやれ』

「だが……」

『構うまい。それより、ここでいつまでも論議するつもりか？』

アラドとの念話で議論する時間がないことに気づく。

こうしている間にもジニーは、一人で無謀《むぼう》にも【魔の森】に向かおうとするはずだ。

『チェルナは、真竜族だ。一度付いていくと決めたのなら、絶対に曲げん』

「はぁ、わかった。ただし、大人しくするんだぞ」

『キュイ！』

そうして、嬉しそうに俺に頬擦《ほおず》りするチェルナを見て、俺もレスカも微笑《びしょう》を浮かべる。

「それじゃあ、行ってくる」

「ちゃんとジニーちゃんを守りなさいよ！　私の大事な、大事な義妹《いもうと》なんだから！」

俺が扉《とびら》に手を掛《か》けて、二人に出かけてくることを告げると、ヒビキが俺に檄《げき》を飛ばしてくる。

そんなヒビキの言葉にレスカが苦笑を浮かべる。

「コータスさん、牧場のことやダーダル・スワローのお世話は任せてください」

「ああ、頼んだ」

「それと——ちゃんとジニーちゃんと一緒《いっしょ》に無事に帰ってくるのを待っていますね」

レスカの言葉に、帰る場所があるのはいいものだ、と思いながら外に出る。

「雨は、そこまで酷《ひど》くないか」

『キュイ！』

チェルナは、雨具の内側にでも入れようか、と考えるが、体をよじ登り、雨具のフードの中に入り込むように収まる。

頭にしがみつき、背負っているバックパックにお尻《しり》を載《の》せて座るチェルナ。

俺は、フードも外れ、髪《かみ》に雨が当たる感触《かんしょく》に苦笑を浮かべる。

「それでいいんだな。なら、行くか」

『キュイ！』

俺の言葉に、雨で濡《ぬ》れることも構わず、チェルナが元気に返事をする。

牧場町の至るところに菌糸《きんし》を伸《の》ばし、ジニーを監視していたマーゴは、数体のコマタンゴに夜明け前の暗い中を俺の案内をさせる。

どこに行くべきかの案内を受けて進めば、すぐにジニーを見つけることができた。

「ジニー」

「ひゃっ⁉　コ、コータス兄ちゃん！」

『ウニャッ⁉』

ビクッと背筋を伸ばし、こちらに振《ふ》り返るジニーと肩《かた》に乗り雨に身を晒《さら》すミア。

その足元には、コマタンゴたちが集まり、ジニーを足止めしてくれていたようだ。

「な、なんだ！　あたしを連れ戻しに来たのか⁉」

「俺も素材の採取に同行する。まぁ、冒険《ぼうけん》者の護衛みたいなものだ」

「え、あっ……ありがとう」

俺の言葉に、困惑《こんわく》しながらお礼を言うジニー。

だが、雨具と肩掛《かたか》け鞄《かばん》一つで【魔《ま》の森】に入るつもりだったジニーの姿に溜息《ためいき》が出る。

「あのダーダル・スワローを空に帰したいのは、俺も同じだ。とりあえず、ランドバード牧場に行くから付いてこい」

そこから困惑するジニーと共に、俺の先導のもとランドバード牧場を目指す。

「よう、来たか。騎士《きし》の兄さんが乗るのは、こいつでいいよな！」

「ありがとう。助かる」

まだ夜も明け切らない時間なのに、ランドバード牧場の牧場主が起きて、緑色の羽根を持つソニック・ランドバードの世話をしていた。

「こいつなら、【コーヴィクスの花】の群生地を知っているし、その場所まで乗っていける！　同じ鳥類の魔物を助けてやってくれよな！」

ランドバード牧場の牧場主は、そう言ってソニック・ランドバードを貸してくれる。

『クエエエッ！』

「よしよし！　夜明けと共に出かけるからそれまで待っててくれ」

俺がソニック・ランドバードの首筋を撫《な》で、チェルナが俺の肩から身を乗り出し、鼻先を擦《こす》り合わせた後、ジニーに振り返る。

「夜明けまで休憩《きゅうけい》するか。レスカから朝食のサンドイッチを預かってる」

「う、うん」

俺が来たことにまだ困惑しているジニーは、頷《うなず》きながらランドバード牧場の直売所の一角を借りて、中でレスカのサンドイッチを食べる。

「コータス兄ちゃんは、どうして一緒に付いてきてくれる？」

レスカのサンドイッチを半分ほど食べた頃《ころ》、ジニーが口を開く。

「元々、俺は素材を採取に行くのは、反対じゃない」

「じゃあ、なんであんな止めるようなこと言ったの？」

ジニーからの懐疑《かいぎ》的な視線に俺は、なんと言えばいいのか言葉を選ぶ。

「確かにジニーに、ちょっと待てと言った。だが、それは、【魔の森】の詳《くわ》しい情報や往復に必要な物資、集める素材の情報とかを得るためだ」

それに、俺が騎士の仕事を他に任せるための調整の時間でもあったが、それは言わない。

本当なら、三日ほど準備に時間を費《つい》やし、そこから【羽根生え薬】に詳しいリア婆《ばあ》さんに同行して貰いたかったのだ。

「数日を跨《また》ぐ活動には、事前準備が必要だって座学では一応教えたよな」

「た、たしかに……」

「それから……リア婆さんへの外出許可もなしに出たな」

「うっ……それは……」

俺の指摘《してき》に、ジニーが言葉を詰《つ》まらせる。

なので、俺は溜息を吐《つ》きながら、今の状況《じょうきょう》を説明する。

「ジニーが勝手に行動することは予想できた。だから、事前にリア婆さんに【魔の森】での野営訓練ってことで許可は貰《もら》ってきた」

「ううっ……ごめんなさい」

しゅん、とするジニー。

これ以上の説教は、建設的ではないし、やる気を下げるだけなので、俺は日中に牧場町の住人から集めた情報を元に、今回の採取の日程をジニーに説明する。

「これは、【魔の森】の簡単な地図だ。今回の目的地が北西にある【コーヴィクスの花】の群生地。それは間違《まちが》いないな」

俺の言葉に、ジニーが頷き、続いて【魔の森】での当初のルートを指でなぞる。

「確かに直線距離《きより》で進めば、徒歩で往復二日だが、今は雨季だ。狩人《かりゅうど》たちの話だと、平時は川幅《かわはば》が細い場所を通ることができるが、雨季だと水量が増して一番近いコーヴィクスの花の群生地には行けないんだ」

「嘘《うそ》……そうだったの」

ジニーは、俺の指摘に驚《おどろ》き、地図を食い入るように見つめる。

「上流の方に、常時川幅が狭《せま》く、丸太の橋が架《か》かった場所がある。今回は、こうした迂回《うかい》の道を進む」

俺が迂回ルートをなぞり、ジニーはそこで改めて準備の大切さを理解したようだ。

「……結構、【魔の森】の奥深くに行く？」

「奥深く、と言うより、中層一歩手前で敵対的な魔物も出てくるかもしれない」

だから、リア婆さんは、川の増水や迂回ルートなどを把握して危険の少ない採取の準備をしていたようだ。

「俺たちは、ソニック・ランドバードを借りられたから、大幅《おおはば》に移動時間を短縮できる」

野営の荷物を減らしつつ、ランドバードの走破力なら、迂回ルートを往復二日で済ますことができる。

「とりあえず、一泊《いっぱく》二日の野営訓練とでも思っておけ」

「う、うん。わかった」

「それから、ミアはいざという時以外、召喚《しょうかん》するな」

「えっ？　どうして？」

俺がジッとミアを見つめると、俺の鋭《するど》い視線から目を逸《そ》らす。

「火精霊《せいれい》は、水に弱い。だから、雨の中に居たら、常時消耗《しょうもう》するだろ。いざという時、力を発揮できないと困る」

『ヴニャァァッー』

不機嫌《ふきげん》そうに鳴いたミアは、ぱっと姿を消す。

ジニーはキョロキョロと辺りを見回すが、少し目を閉じ、精霊との交信を行うと近くにミアを感じることができたのか、安心したような表情になる。

「それから……」

「うっ、コータス兄ちゃん、まだあるの⁉」

若干《じゃっかん》、涙目《なみだめ》になりながら不安げに見つめてくるジニーに、ミスリルを混ぜ込んだ万能ナイフとヒビキのお守りを渡《わた》す。

「こんなタイミングだが、火精霊のミアと契約《けいやく》できたお祝いの万能ナイフだ。あと、ヒビキから身を守るお守りを預かってきた」

「う、うん。ありがとう」

万能ナイフを受け取ったジニーは、まだ少し大きめのナイフを革《かわ》の鞘《さや》から取り出して側面を眺《なが》める。

そして、万能ナイフを腰《こし》に着け、ヒビキのお守りを肩掛け鞄の中に仕舞《しま》い込み、少し嬉《うれ》しそうにする。

俺がジニーに万能ナイフを渡し、チェルナにサンドイッチを食べさせ終えた頃、朝日が昇《のぼ》る。

夜明け前まで降っていた小雨は止《や》んで曇《くも》り空が広がっている。

俺は、ソニック・ランドバードの背に鞍《くら》と荷物を載《の》せ、出立の準備をする。

「う、ううう っ……」

『キュイ?』

ソニック・ランドバードの前で唸《うな》り声を上げるジニーに、俺の後頭部にしがみつくチェルナが小首を傾《かし》げる。

「ジニー。ランドバードが怖《こわ》いか?」

「こ、怖くはないけど、ちょっと苦手……」

ジニーは、ランドバード牧場に勝手に入り込み、孵《ふ》化《か》用の炎熱《えんねつ》石を持ち出そうとして、ランドバードに威《い》嚇《かく》されたことがあった。

「ああ、確か、その時のランドバードは、コイツだったな」

『クエッ』

その通りとでも言うように鳴くソニック・ランドバード。

「大丈夫《だいじょうぶ》だ。怖がらなくてもいいぞ」

「う、うん。あ、温かい」

俺がソニック・ランドバードの首筋に触《ふ》れるようにジニーの手を誘導《ゆうどう》する。

ランドバード自体の基礎《きそ》体温が高いために、手を翳《かざ》しただけでも温かく感じる。

「これから二日間、世話になるんだ。怖くないだろ」

「う、うん。よろしくね」

『クエッ！』

そして、ジニーが落ち着いたところでソニック・ランドバードに乗り、【魔の森】に向けて歩き出す。

「あっ、かなり速い」

「ランドバードの亜種《あしゅ》だからな」

俺が手綱《たづな》を持ち、俺の腰に腕《うで》を回すようにジニーがランドバードに乗っている。

ソニック・ランドバードは、牧場町を出て、すぐに平原を抜《ぬ》けて【魔の森】に入る。

そして、【魔の森】を進み、俺が手綱を操《あやつ》ってソニック・ランドバードを歩かせると木々の間隔《かんかく》が空いた場所に出る。

「あっ、この場所、なんとなく覚えてる」

「ジニーとヒビキがトレントに攫《さら》われた時にトレントが通った場所だ。ここならランドバードを走らせる分には、十分な距離と広さがあるぞ」

「それって……」

「しっかり掴《つか》まれよ。喋《しゃべ》ると舌を噛《か》むぞ！」

「う、うん！」

俺の指示にジニーが頷くと共にソニック・ランドバードが走り出す。

激しく上下に揺《ゆ》れる中、俺の腰に回すジニーの腕がぎゅっと強く締《し》められる。

『クエエエッ！』

ソニック・ランドバードは、そのまま【魔《ま》の森】の奥へと駆《か》け、中層手前まで進むことができた。

ここで昼食を取って休憩した後、増水した河川を迂回するように、中層手前の境界付近を通って【コーヴィクスの花】の群生地に向かう予定だ。

「ジニー、ここで一旦休憩《いったんきゅうけい》するか」

「う、うん。ここも、見覚えあるかも」

トレントたちが移動に使った場所を進み、森の中に空いた広場に出れば、地面の一部が黒く溶《と》けてガラス質になっている場所に出た。

「チェルナの卵が墜《お》ちた場所だな」

『キュイ？』

「そうだ。お前が生まれる前に、ここに来たことがあるんだ」

俺の首に顔を寄せたチェルナにそう語り掛《か》け、乗っていたソニック・ランドバードから降りて、昼食の準備をする。

その間、チェルナとソニック・ランドバードは、ジニーとヒビキの炎《ほのお》で炙《あぶ》られた黒く溶けた地面を興味深げに見ている。

「さて、昼飯を作るか」

「コータス兄ちゃん、できるの？」

「……野営料理程度なら」

俺は、そう言って、小さめの鍋《なべ》に革袋《かわぶくろ》の水を入れて、金属の容器に、魔物由来の油と薬品で作った固形燃料を取り出す。

「ジニー。火をつけてくれないか？」

「あたしは、火打ち石代わりじゃないんだけど……」

そう文句を言いながらも、上達した火種の魔法で固形燃料に火を灯《とも》し、その炎が鍋底を熱し、お湯を沸《わ》かす。

お湯の中に、堅焼《かたや》きパンを切って浸《ひた》し、削《そ》いだ干し肉も入れて、グズグズの粥《かゆ》状のもの

にする。

それを器《うつわ》に盛り付け、ジニーに渡す。

「昼は、こんなもんだ」

「……いただきます」

ジニーは、微妙《びみょう》な表情で器を受け取り、それを口にする。

「……まずい」

『キュゥ～』

ジニーは昼食を何とか流し込み、チェルナは離乳食《りにゅうしょく》で慣れ親しんでいるので、特に抵抗《ていこう》なく食べてくれるが、味が悪いので少し情けない鳴き声を上げる。

だが、そんな料理でもジニーとチェルナは、完食してくれた。

「……コータス兄ちゃん、ごちそうさま」

「悪いな、レスカのような手の込《こ》んだものじゃなくて」

「やっぱり、こういうのって美味《おい》しくないね」

そう言って、不味《まず》さに渋《しぶ》い表情をしていたジニーの表情がふと緩《ゆる》む。

「だから、食べ終わった後に、お母さんがくれる口直しのドライフルーツがあたしは好きなんだ」

高名な冒険者《ぼうけんしゃ》夫婦《ふうふ》の娘《むすめ》であるジニーは、この不味い冒険者飯を経験済みであり、むしろ両親との思い出に浸れたので少し嬉しそうだった。

「そう。なら、このドライフルーツは渡しておくな」

そんな不味い飯を俺も食べ終え、ドライフルーツを受け取ったジニーは、チェルナと共に楽しそうに食べている。

俺は、立ち上がり、食事の片付けをした後、森の下草に潜《ひそ》む虫などを啄《ついば》んでいるソニック・ランドバードに預かった穀物の餌《えさ》を与《あた》える。

「ジニー、休憩は終わりだ。これから【魔の森】の中層手前を通過して【コーヴィクスの花】の群生地に向かう」

「うん。わかった」

俺たちは、再びソニック・ランドバードに乗って、【魔の森】を走り出す。

中層付近を走るために、いつ敵対的な魔物が飛び出してくるか、警戒《けいかい》しながら進む。

最初は、中層手前ということで緊張《きんちょう》していたジニーは、俺の腰に回す腕に力を入れていたが、緊張も長く続かず、次第《しだい》に慣れ始める。

そして――

「呆気《あっけ》ない。何も出会わなかった。地味……」

「討伐依頼《とうばついらい》じゃなければ、大体こんなものだ」

午後からのソニック・ランドバードでの移動も順調に進むことができた。

道中、ジニーは気づかなかったが、木々に擬態《ぎたい》したトレントたちが【魔の森】中層付近に出現する魔物たちを追い払《はら》ってくれたので、何にも出会わずに進むことができたのだ。

「まずは、野営の準備をした後、【コーヴィクスの花】を採りに行くか。採取に関してはジニーを頼《たよ》りにするぞ」

「ん、わかった」

樹と樹の間にロープを渡して、そのロープに撥水《はっすい》性の布を掛けて、布の端《はし》をロープと四方の木々の枝などに固定して、雨避《あまよ》けの屋根を作る。

その下が今夜のジニーの寝床《ねどこ》だ。

「コータス兄ちゃん、これだけ？」

「人数が少ない場合は、こんなもんだ。わざわざ、テントとかの重い荷物は持たない」

ジニーは、興味深げに張られた撥水性の布の屋根の下に潜《もぐ》り込む。

意外と天井《てんじょう》は高く、ジニーは興味深げに見回している。

「一応、俺やジニー、ソニック・ランドバードが入っても雨を凌《しの》げる広さはあるな」

俺も雨避けの下に入り、確かめれば朝の雨の名残《なごり》として地面が湿《しめ》ってる。

「ジニー。地面が濡《ぬ》れてるからミアに乾《かわ》かしてもらえ。寝る時は、薄手《うすで》の毛布とマントに包《くる》まれば、体温を逃《に》がさずに済む」

「う、うん。わかった」

ジニーは、困惑《こんわく》しながら、猫精霊《ねこせいれい》のミアを召喚《しょうかん》し、雨避けの周りの地面を乾かしてもらう。

俺とジニーは協力して、今晩の寝床を整えた。

「こんなもんか」

「……うん。次は、何すればいいの？」

森の木々の間から見える空を見上げれば、まだ日が落ちるまでに時間がある。

「【コーヴィクスの花】を採取しに行くか。その帰りに、焚《た》き火の枝も拾おう。雨で湿っているかも知れないから乾かすのは、頼《たの》んだ」

「それ、あたしが焚き火を起こした方が良くない？」

「いざという時、戦える魔力を残すために節約するんだ」

一晩中焚き火をするより、落ちている枝を乾かす方が労力的には少なくて済む。

俺は、ソニック・ランドバードに野営地の留守を頼み、ジニーとチェルナを連れて、【コーヴィクスの花】の群生地に出かけ、すぐに見つかった。

「これが【コーヴィクスの花】か」

『キュイ～』

【魔の森】にぽっかりと空いた広場には、白い花の花畑が広がっていた。

チェルナは、俺の頭の上によじ登って、うっとりとした鳴き声で眺《なが》めている。

その反応に、暗竜《あんりゅう》と言ってもチェルナも女の子なのだなと実感させられる。

「ここからは、あたしの出番だよね」

「ああ、それで【羽根生え薬】には、この花を使うんだよな」

薬屋のリア婆《ばあ》さんから直接教えられているジニーの方が素材の扱《あつか》いは、心得ている。

「白い花先だけを摘《つ》み取るといい。こうやって指で摘まむようにすると簡単に取れる」

「花の方は、どれくらい必要なんだ？」

俺が尋《たず》ねるとジニーは、肩掛《かたか》け鞄《かばん》の中からガラス瓶《びん》を取り出す。

「この中に半分ほど入れる。そこにお水を注げば、長く保存できる」

「ガラス瓶かぁ。金属容器の方が頑丈《がんじょう》そうだが……」

「金属だと、花が紫色《むらさきいろ》に変色するから採取にはガラス瓶を使う。でも、頑丈なガラスだから、乱暴に扱わなきゃ大丈夫」

「なるほど……」

俺は、逆にジニーに教わりながら、【コーヴィクスの花】を集めていく。

「コータス兄ちゃん、花が枯《か》れ始めているのは、採っちゃダメ。薬の素材は、新鮮《しんせん》な花弁とその付け根の花の蜜《みつ》だから薬の素材にならない。枯れて種になるやつだから、残しておいて」

俺は、ジニーに指摘《してき》されてやや茶色く変色しているコーヴィクスの花から手を放し、別の花を摘み取る。

「種が採れるなら、牧場町でも植えないのか？」

「コーヴィクスの花は、魔草の一種だから、種を持ち帰っても特定の条件の場所じゃなきゃ育たない。その代わり、この群生地では、一年中採ることができる」

コーヴィクスの花は、牧場町で育てられている家畜《かちく》の飼料に利用される【荒野《こうや》のクローバー】と同じ魔草の一種らしい。

花を根こそぎ採り、群生地を荒《あ》らさなければ、安定して素材を採取できるらしい。

そして、二人で瓶の半分ほど集めたところで、ジニーが持ち込んだピュアスライムの浄《じょう》化《か》水を注ぎ、溢《あふ》れないように蓋《ふた》をする。

「これで一ヶ月は保つ」

「それは、十分に量が足りるんだな」

「ランドバード換算《かんさん》で二、三本だから、予備も考えれば十分」

「そうか……なら、戻《もど》って飯にするか」

俺は、ジニーとチェルナと共に焚き火に使う薪《まき》やキノコ、山菜を拾いながら、野営地に戻る。

「ただいま。問題はなかったか？」

『クエッ！』

野営地で留守番していたソニック・ランドバードが頷《うなず》く。

『キュイ！』

俺の肩《かた》をよじ登るチェルナがソニック・ランドバードに向けて滑空《かっくう》して、フカフカのソニック・ランドバードの羽毛に跳《と》び込む。

気持ちよさそうに羽毛に顔を埋《うず》めたチェルナは、初めての遠出で疲《つか》れたのか、そのまま寝息を立て始める。

『クェエッ……』

「すまんな、そのまま面倒《めんどう》を見てくれ」

どうしたら良いか困惑気味のソニック・ランドバードに告げ、俺は夕食の準備に取り掛かろうとするが——

「コータス兄ちゃん、今度はあたしがやる」

「ジニーが？」

「うん。コータス兄ちゃんに任せると、またお昼のようなヤツになりそう」

そう言われると反論できないし、なによりジニーがやる気なので今晩の野営料理を任せる。

「なら、俺は少し休んでいる」

「ん、任せて」

持ち込んだ食材や先程《さきほど》採取した森の幸《さち》などを、万能ナイフで調理を始めるジニー。

俺は、夜の不寝番《ふしんばん》のために軽く目を閉じ、仮眠《かみん》を取る。

殺気などを感じれば、飛び起きれる状態のまま休んでいると、頭上に張られた雨避けの布に雨がぶつかる音が響《ひび》き始め、目が覚める。

「今晩は雨か」

暗くなり始めた空を見上げて呟《つぶや》くと、ジニーの方も料理ができたようだ。

「コータス兄ちゃん、できたよ」

「わかった」

俺が立ち上がり、ジニーの作った料理を見れば、俺よりもしっかりと作られていた。

野菜などを練り込んだ堅焼《かたや》きパンと削《そ》いで焼いた干し肉、持ち込んだ干し野菜と味出しの干し肉に森で採れたキノコと山菜を加えたスープが今夜の食事だ。

特に、ジニーの作ったスープは、いい香《かお》りを出している。

匂《にお》いに釣《つ》られて、ソニック・ランドバードに抱《だ》き付いて眠《ねむ》っていたチェルナも起き出す。

「チェルナも起きたか。それじゃあ、食べようか」

『キュイ！』

「はい。コータス兄ちゃんとチェルナの分」

ジニーから渡《わた》された食事を受け取り、静かに手を合わせて早めの夕食を取る。

その味は——

「旨《うま》いな」

「レスカ姉ちゃんから教えてもらってるから」

若干《じやつかん》、胸を張って自慢《じまん》げに答えるジニー。

チェルナも堅焼きパンや焼いた干し肉は食べられないまでもジニーのスープは気に入ったのかそれだけを飲む。

互《たが》いに静かに食事を取り、食後はソニック・ランドバードに昼と同じ餌《えさ》を与《あた》え、ジニーが乾かした薪を使い、焚き火を保ちながら夜を過ごす。

「ジニー。今日は、もう寝ろ。明日も早くから移動する」

「う、うん。わかった」

ジニーは、持ち込んだ毛布と雨具に二重に包まると、その中にチェルナが入り込み、互いに抱《だ》き合うように横になる。

「…………」

「…………」

俺もジニーも無言で焚き火を見つめ、雨避けの布に雨粒《あまつぶ》が当たる音と焚き火の中で枝が弾《はじ》ける音が響く。

ただ、夜に一気に冷え込んできたのかジニーは、雨具に包まる体を微《かす》かに震《ふる》わせている。

「ジニー、寒そうだけど、大丈夫《だいじょうぶ》か？」

「う、うん。大丈夫」

あまり大丈夫そうには見えない。

このまま寒さで寝付けないと明日の行動に支障が出そうだ。

そう思っていると、ソニック・ランドバードがジニーの傍《そば》に体を寄せる。

『クエッ』

「ありがとう。温かい」

るようにする。

ソニック・ランドバードは、ジニーとチェルナを自身の体に寄せ、翼《つばさ》の下に潜《もぐ》り込ませる。

翼で外気を遮断《しゃだん》し、更《さら》に鳥類の高い体温でジニーとチェルナを温めてくれるようで、寒さで強張《こわば》ったジニーの表情が緩《ゆる》む。

そして、ジニーの楽しそうな状況《じょうきょう》に、猫精霊のミアも勝手に実体化してジニーの腕《うで》の中に入り込もうとする。

『ニャッ！』

『キュイ！』

「お前、ホントにあたしが好きだな。ほら、おいで」

チェルナが身を捩《よじ》り、少し場所を空けて、ジニーの包まる雨具の内側に入り込むミア。

ソニック・ランドバードに包まれ、暗竜の雛《ひな》と猫精霊を抱き締《し》めるなんて、そうない光景に俺は微笑《びしょう》を漏《も》らす。

「むぅ、コータス兄ちゃん、笑った」

「悪い。けど、楽しそうだと思ってな」

ジニーが少し不機嫌《ふきげん》そうに頬《ほお》を膨《ふく》らませるが、それほど怒《おこ》ってないのか表情を緩ませる。

俺は、そんなジニーに前から聞きたかったことを尋ねる。

「ジニーは、どうして冒険者《ぼうけんしゃ》になりたいんだ?」

「冒険者になりたい理由?」

　横になるジニーは、身動《みじろ》ぎして、小首を傾《かし》げる。

「ちゃんと聞いたことがなかったからな。両親と一緒《いっしょ》に居たいとか、なにかに憧《あこが》れがあるのか?」

　俺の質問の意図を理解したジニーは、少し悩《なや》み言葉を口にする。

「お父さんとお母さんと一緒に居たいのが理由。でも、やっぱり不安だからだと思う」

「不安?」

「あたし、お父さんとお母さんが依頼《いらい》を受ける時、冒険者ギルドに預けられてたの」

　ある程度大きな町には、冒険者ギルドが存在し、そこで依頼の斡旋《あっせん》や魔物《まもの》の解体、素材の買い取りなどを行っている。

　また、子持ちで放浪《ほうろう》する冒険者は、ギルドやギルドと縁《えん》のある孤児院《こじいん》に預けることができるのだ。

　ただ、利用するには、子どもを預けられる人物がいない冒険者という条件が付く。

　大抵《たいてい》は、片方の両親が一般《いっぱん》人だったり、冒険者を引退し育児に専念する場合がある。

「ギルドに預けられた時は、受付のお姉さんたちが面倒見てくれたし、孤児院の同年代の子もあたしと遊んでくれて、みんな優《やさ》しかった」

そう、思い出を語るジニーの表情は柔《やわ》らかいので、悪い記憶《きおく》ではないらしい。

俺は、ジニーの話に耳を傾《かたむ》けながら、相槌《あいづち》を打つ。

「でもね。受付のお姉さんと一緒に待ってる時に、ギルドに血まみれの冒険者が苦しそうに運び込まれることがあるの。それが次はお父さんやお母さんかもしれないと思うと怖《こわ》かった」

「そうか」

「だから、もし運び込まれても助けられるように、ギルドにある本で薬草を調べたし、お父さんから薬のことを色々教わった」

ジニーの薬師《くすし》としての才能の裏には、そんな健気《けなげ》な理由があったのか、と思う。

そして、そんなジニーに冒険譚《たん》と共に寝《ね》物語《ものがたり》で薬師の英才教育を施《ほどこ》した父親は、娘《むすめ》に手に職を付けさせる。

そんな切っ掛《か》けを与えたかったんだろうな、となんとなく予想し、ジニーへの愛情を見た気がする。

「あと、孤児院に預けられた時、父さんたちが帰ってこなかった子の話を聞いて、不安になった」

「………」

「だから、あたしは、待つだけじゃない。もし、お父さんとお母さんが動けないなら迎《むか》えに行ける冒険者になりたい。薬が必要なら自分で採りに行ける冒険者になりたい」

助けたい、手伝いたいという思いがジニーには強いようだ。

その手段としての剣術《けんじゅつ》。そして、魔法のようだ。

「……そうか。ところで、ジニー。ベテラン冒険者が何故《なぜ》、長生きするか知ってるか？」

俺は、ジニーにある話題を振《ふ》る。

「ううん。知らない」

唐突《とうとつ》な話題の変化に、戸惑《とまど》いながらも首を横に振るジニー。

「俺に色々と教えてくれた親父《おやじ》の仲間の言葉だと『帰る理由があるから、無茶をせず、長生きする。結果、ベテランになる』だそうだ」

例えば、恋人《こいびと》や妻、そして子どもが最たる理由に挙げられる。

もう一度、会いたいから欲《よく》を出さず、引き返す。そして、堅実《けんじつ》に生き残る。

「……帰る理由に、なれていたかな？」

「ああ、なれてるよ」

俺の言葉に嬉《うれ》しそうに笑《え》みを浮《う》かべ、緊張《きんちょう》の緩みから欠伸《あくび》が出る。

「……ふぁぁっ」

「ジニー、眠いだろ。朝から頑張《がんば》り続けたんだ。そろそろ休め」

「うん……」

朝早くに起きて、ソニック・ランドバードに揺《ゆ》られて疲《つか》れのピークが来たのか、ジニーは素直《すなお》に頷《うなず》く。

ただ、最後に――

「絶対に、あたしたちがあの渡り鳥を空に帰そう」

「ああ、そうだな。おやすみ、ジニー」

「おやすみ、コータス兄ちゃ……」

途切《とぎ》れるように静かに眠りに落ち、微かな寝息を立て始める。

『ニャッ……』

「お前は、精霊《せいれい》だから寝る必要はないか。なら、俺と一緒に不寝番に付き合ってくれ」

小さく鳴き声を漏らすミアに俺は、そう語り掛け、雨が降り続ける【魔の森】の長い夜を寝ずに焚《た》き火に薪《まき》を足しながら過ごしていく。

六章　左遷騎士《させんきし》と大蛇《だいじゃ》

【魔の森】での野営で俺は、夜通し警戒《けいかい》を続けていた。

空も白み始めた頃《ころ》、拾った薪も全《すべ》て焚き火で燃え尽《つ》き、灰と微かな火の粉が残るだけである。

「んっ、あっ……コータス兄ちゃん。おはよう」

『キュー』

ジニーは、ソニック・ランドバードの羽根の下からチェルナを抱《かか》えて抜《ぬ》け出す。

チェルナはまだ眠《ねむ》っており、ジニーの服にしがみついていた。

「ジニー、よく寝れたか？」

「うん。地面はちょっと硬かったけど、特別寒い感じはなかった」

人間より体温の高いソニック・ランドバードに寄り添《そ》われ、羽根で外気を遮断されたので、快適だったかもしれない。

「朝食を取ったら、昨日と同じ迂回《うかい》ルートを通って牧場町に帰るか」

「うん。コーヴィクスの花も昨日採ったし、薬を作って、早く渡《わた》り鳥《どり》を空に帰してあげよう」

「まだここは、【魔の森】だからな。気は抜くなよ」

俺が忠告し、空を見上げる。

昨晩から降り続いた雨は、止《や》みそうにない。

俺とジニー、チェルナは、簡素な朝食を取り、ソニック・ランドバードの調子を確かめて、野営地からの撤収《てっしゅう》を始める。

「今回、唯一《ゆいいつ》のスコップの出番か」

俺は、そんなことを呟《つぶや》きながら、微《かす》かな火の粉の残る焚き火にスコップで土を被《かぶ》せて消火する。

「ミア、乾《かわ》かすの手伝って」

『ニャッ！』

ジニーは、雨避《あまよ》けとして張られた撥水性《はっすいせい》の布を下ろし、召喚《しょうかん》したミアに乾かしてもらう。

そして、乾いた布を畳《たた》み、ソニック・ランドバードの荷物として背に載《の》せる。

「ミア、手伝ってくれて、ありがとう。辛《つら》いなら、戻《もど》って良いよ」

『ニャッ』

火精霊のミアは、雨避けがあったので実体化の消耗《しょうもう》を抑《おさ》えられていたが、今は雨の中に晒《さら》され続けての実体化が辛そうなので、ジニーの言葉に頷き、姿を消す。

「さて、ジニー。帰るか」

「うん。早く帰ろう。色んな意味で……」

『キュイ！』

慣れない野営に疲れた様子のジニーだが、チェルナは、今日も元気である。

真竜《しんりゅう》としてのタフさの片鱗《へんりん》を見せるチェルナは、雨に濡《ぬ》れてもお構いなしで、俺の頭にしがみつく。

そのため、雨具のフードが被《かぶ》れず、チェルナの体を伝って雨水が尻尾《しっぽ》先に集まり、雨具の下の衣服を濡らしていく。

ぐっしょりと濡れた気持ち悪さを顔に出さずに、ソニック・ランドバードにジニーと共に乗る。

「よし、行くか。今日は、雨が降ってるから移動は慎重《しんちょう》に頼《たの》む」

そう頼むと俺たちと荷物を載せたソニック・ランドバードが歩き出す。

一晩中降った雨で地面が泥濘《ぬかる》み、歩みが鈍《にぶ》るだろうと思ったが、ソニック・ランドバードは、昨日と変わらずに歩き続ける。

「順調だな。スライムたちのお陰《かげ》か」

「スライム？　あっ、ホントだ」

辺りに目を向けたジニーは、下草や地面を這《は》いずるスライムたちの存在を見て取った。

「【魔《ま》の森】で大量発生したスライムが余分な水分を吸っているから歩きやすいのか」

ソニック・ランドバードは、スライムたちが雨水を吸った足場のいい場所を選び、雨でも進行ペースを落とさずに済んでいる。

そして、昨日通った【魔の森】の中層手前のルートに差し掛かれば――

「ここは、トレントたちが先に水を吸っていたのか」

木々に擬態《ぎたい》したトレントたちも根から水分を吸い上げているために、ここも足場がいい。

「今度は、トレントもいるの？　どこに？」

「あの辺りの木々の殆《ほとん》どは、トレントだぞ」

俺が指差して教えるが、ジニーは、分からず首を傾《かし》げる。

魔力感知を磨《みが》けば、擬態したトレントを見分けることができる。

だが、ジニーの魔力感知能力では、まだ感じ取れないようだ。

トレントからは、昨日と同じく敵意もなく、まるで俺たちが安全に帰れるようにお膳立《ぜんだ》てしてくれているようだ。

そんなことを考えながら、【魔の森】の中層手前を掠《かす》めるルートを進んでいく。

日も昇《のぼ》り、雨が降り続けて、じっとりとした暑さも出てくる。

気温の変化に、肌寒《はだざむ》い雨季から夏に変わり始めるのを感じながら進んでいくと、途中《とちゅう》から周囲のトレントがざわめき始める。

「……コータス兄ちゃん、何か変。火精霊たちが騒《さわ》がしい」

雨の中、本来なら活動が消極的になる火精霊がジニーに警告するために、集まり、ミアも実体化して、ジニーの肩《かた》の上に姿を現す。

「トレントたちも騒がしい。近くに危険な魔物がいるかも知れない」

俺も周囲を見回し、感覚を研《と》ぎ澄《す》ませながら、ソニック・ランドバードを進ませる。

地面に魔物の足跡《あしあと》があるか、草木を掻《か》き分けた痕跡《こんせき》があるか、臭《にお》いや魔力の残滓《ざんし》はあるか、など五感と知識、魔力感知を総動員して、周囲を警戒する。

だが、相手の魔物の方が一枚上手なのか、その存在を見つけられず、俺は迷う。

（一秒でも早くにここを抜けるために走らせるか、それともこのまま慎重に進み続けるか）

ジニーも俺の背中にしがみつき、頻《しき》りに辺りを見回し、不安を掻き消そうとする。

そして――

「――ヒッ！　目玉!?」

ジニーが引き攣《つ》るような声を上げて、釣《つ》られて俺もジニーの視線の方向を見る。

そこには、橙色《だいだいいろ》の輪郭《りんかく》に黒い色の不気味な目玉があり、それを見て驚《おどろ》いたチェルナは、ジニーの肩にしがみつく。

一瞬《いっしゅん》のことでよく分からなかったが、直後に猫精霊《ねこせいれい》のミアが、その目玉目掛《めが》けて火球を放ち、下草の一部を燃やす。

「やった？　でもまだ火精霊が騒いでる」

『ニャッ！』

小首を傾げるジニーだが、その表情は晴れない。

未《いま》だにジニーの火精霊は警告を止めず、トレントたちのざわめきも収まらない。

謎《なぞ》の不気味な目玉の正体を確かめるために、燃える下草の方に視線を集中させると、俺の後頭部辺りにチリチリとした感覚を覚える。

「走れ！」

『クエエエッ！』

反射的にソニック・ランドバードの腹を蹴《け》り、前に走らせる。

「きゃっ！」

急な加速に悲鳴を上げるジニーだが、俺は、ソニック・ランドバードの左右に吊《つ》るした荷物から農業用のスコップを引き抜き、体を捻《ひね》って後ろに投げる。

『シュラララッ――！』

「えっ、なに、大蛇⁉」

大蛇は、投げたスコップを避《よ》け、そのまま加速したソニック・ランドバードに飛び掛かり、体当たりしてくる。

『クエエッ――⁉』

「あっ……」

体当たりの衝撃《しょうげき》でよろめいたソニック・ランドバードからチェルナを抱えたジニーが投げ出される。

投げ出されたジニーとチェルナを飲み込もうと大蛇の魔物が体を伸《の》ばし始める。

「くっ！　――《マテリアボディ》！」

俺は、通常の身体強化では間に合わないと判断し、瞬間的だが禁術の身体強化で反応速度を上げて、ソニック・ランドバードの背から飛び出す。

「ジニー！」

「コータス、兄ちゃん！」

大口を開けてジニーとチェルナに迫《せま》る大蛇を追い越《こ》し、ジニーとチェルナを空中で引き寄せる。

ジニーが襲《おそ》われる前に確保できたが、直後、勢いよく突撃《とつげき》してくる大蛇の魔物がジニーの肩掛け鞄《かばん》に食いつく。

『ニャッ！』

ジニーの肩には、肩掛け鞄の紐《ひも》が掛かっており、勢い付いた魔物に引かれると危険だと判断したミアが瞬間的に鞄の紐を焼き切る。

そして、伸びるように飛び掛かった大蛇の魔物は、肩掛け鞄を丸呑《まるの》みにし、こちらを振《ふ》り返る。

『シュラララッ――』

「大丈夫《だいじょうぶ》か？　二人とも怪我《けが》はないか？」

『キュイ！』

俺は、ジニーとチェルナを確保して、《マテリアボディ》の禁術を解く。

【頑健《がんけん》】の加護の適応力で体の強度が増して、禁術の短時間発動はできるようになった。

だが、その代わりに【養分貯蔵】の内包加護で蓄《たくわ》えられた栄養を魔力に変換《へんかん》して発動させた反動で体が重くなるのを感じる。

「う、うん。平気……体当たりされたランドバードは？」

大蛇《だいじゃ》の魔物の体当たりを受けたソニック・ランドバードだが、少しよろめいた態度で怪我をした様子はない。

『クエッ！』

「ほっ、良かった……って、あ、ああっ！　あたしの鞄！　薬の素材が！」

ソニック・ランドバードの無事に安堵《あんど》したジニーだが、その直後、重大なことを思い出す。

ジニーの肩掛け鞄には、【羽根生え薬】の素材である【コーヴィクスの花】が入っており、先程《さきほど》、鞄ごと大蛇の魔物に丸呑みにされてしまっている。

「ジニー、俺が取り返す！」

俺が前に出てミスリルの長剣《ちょうけん》を引き抜《ぬ》き、ソニック・ランドバードと猫精霊のミアがジニーとチェルナを庇《かば》える位置に動く。

「コータス兄ちゃん！　こいつって!?」

「【魔の森】の奥から餌《えさ》を求めて来たんだろう！　今回狙《ねら》ったのは、ジニーとチェルナか」

「あ、あたし、狙われてた!?」

『キュイ!?』

驚きの声を上げるジニーとチェルナ。

ジニーやチェルナなど、あのサイズの魔物にとって食べ頃《ごろ》な餌に見えるだろう。

『シュラララッ！』

三角形の平べったい頭を持ち上げ、こちらを見下ろすように口を開き、細長い舌と上下二対《つい》の牙《きば》でこちらを威嚇《いかく》してくる。

鱗《うろこ》の色は、茶色や黒に近い深緑色、鮮《あざ》やかな緑などといった様々な色の模様をしているが、それがスッと色を変えて、深緑色に統一される。

「体の色を自在に変化できるのか」

迷彩色《めいさいしょく》の擬態も不意打ちが失敗し、意味がないと判断したのか、擬態を解き、こちらを威嚇する。

大蛇の魔物は、頭部を持ち上げ、揺《ゆ》するように前後に動かし、嚙《か》み付こうと口を開けて襲ってくる。

「――《ブレイブエンハンス》《デミ・マテリアーム》！」

俺は、改めて身体強化を施《ほどこ》し、半物質化した魔力の籠手《こて》を生み出す。

変則的な動きとタイミングで襲いかかってくる大蛇に対して、ミスリルの長剣を斬《き》り上げる。

大蛇は、嚙み付くために伸ばした頭を引き、その直後に俺の脇腹《わきばら》に衝撃が走る。

「ぐっ!?」

「コータス兄ちゃん！」

「なるほど、尻尾《しっぽ》先の打撃か……」

身体強化で体を保護していなかったら、あばら骨が折れるような強い衝撃。

大蛇の尻尾先を見れば、三角形に膨《ふく》らみ、橙色の円の模様が入っていた。

「……さっきの目玉の正体は、やつの尻尾先か」

体は、周囲の景色に擬態して潜《ひそ》み、尻尾先だけ生物の頭部にも見える形をしている。

尻尾先を利用して相手の視線や動きを誘導《ゆうどう》し、死角から襲う。

それが、大蛇の魔物の狩《か》りの常套手段《じょうとうしゅだん》なのだろう。

「知らない魔物だと、対処が難しい」

大蛇型の魔物は、毒牙《どくが》の噛み付き、締《し》め付け、尻尾の叩《たた》き付けなどの行動に注意すべきなのは共通である。

だが、詳《くわ》しい性質や習性、討伐《とうばつ》ランクなどを知ることができれば、より安全に立ち回ることができる。

「こういう状況《じょうきょう》では、レスカの魔物に対する知識が欲《ほ》しくなる」

いつも傍《そば》にいるから、いない時に大切さがよく分かる。

そして、こうした状況で俺の選択《せんたく》は――

「先手必勝！　行動させる前に倒《たお》す！　はぁあっ！」

足に力を込《こ》め、深緑色の大蛇の魔物《まもの》に向かって踏《ふ》み込む。

『シャラララッ――』

大蛇の魔物は、再び俺に向かって尻尾先を振るうが、その軌道《きどう》を掻い潜《くぐ》り、大蛇の懐《ふところ》に入り込み、ミスリルの長剣を振るう。

「コータス兄ちゃん、凄《すご》い……」

多分、ジニーの目では追うのは難しい斬撃《ざんげき》だっただろう。

「やっぱり、ロシューの腕《うで》がいい」

鋭《するど》い切れ味を見せる鍛《きた》え直されたミスリルの長剣を振るえば、抵抗《ていこう》を殆《ほとん》ど感じなかった。

だが――

「一撃で仕留め切れないのは、俺の腕が未熟なせいか」

それか直前に使った禁術《マテリアボディ》での疲労《ひろう》で感覚が狂《くる》い、長剣を振り抜くための踏み込みが甘かった。

『シャ、シャララッ……』

斬られた大蛇の体は、遅《おく》れて血が溢《あふ》れ出すが、致命傷《ちめいしょう》を負わせられなかった。

そして、斬られたことを自覚した大蛇は、俺から距離《きょり》を取るように後退《あとずさ》る。

「……次は、確実に頭を落とす。腹を捌《さば》いて薬の素材を返してもらうぞ」

俺は、ミスリルの長剣を構え直し、殺気を漲《みなぎ》らせて睨《にら》み付ける。

●

体を斬られた大蛇は、動揺《どうよう》しつつもある一点を見つめて、口角を吊《つ》り上げる。

その視線の先には、ジニーとチェルナ。そして、二人を庇うソニック・ランドバードとミアがいた。

『シャッ！』

「チッ！」

口を大きく開け、ジニーたちに目掛けて、牙から液体を飛ばす。

俺は、ジニーたちの間に割り込み、大蛇の飛ばした液体を体で受け止める。

「コータス兄ちゃん!?」

飛ばされた液体の殆どが雨具に弾《はじ》かれる中、僅《わず》かに、顔に掛かり、痛みが走る。

「っ!?」

焼かれるような痛みと刺激《しげき》に、左目を押さえ、垂れてきた液体が口に触《ふ》れると痺《しび》れを感じる。

『シュララッ――』

「毒液を、飛ばせるのか」

左側の視界を潰《つぶ》された俺は、制限された視界の中でも戦おうと剣を構える。

「コータス兄ちゃん、避けて！」

ジニーが声を上げた直後、制限された左側から大蛇の尻尾先で殴《なぐ》られる。

反射的に左腕《ひだりうで》を上げて、防御《ぼうぎょ》を取ると、真っ直《す》ぐに俺の肩《かた》に大蛇が大口を開けて、嚙み付いてくる。

「ぐっ⁉」

突《つ》き立てられた毒牙は、身体強化した体に浅く突き刺《さ》さるだけに留《とど》まる。

だが、潜り込んだ毒牙から体内に毒液が注ぎ込まれる。

至近にいるために倒そうと剣を振るうが、振りが遅《おそ》く、毒牙が引き抜かれて避けられてしまう。

「これは……ちょっと、不味《まず》いな」

毒が体に回り、吐《は》き気と目眩《めまい》の症状《しょうじょう》が出始める。

【頑健】の加護で牙が突き立てられた傷は、少しずつ治り始めるが、体内を巡《めぐ》る毒で、身体強化と半物質化した魔力の維持《いじ》が困難になる。

それでもなんとか一段階下の身体強化である《オーラ》を纏《まと》って、大蛇と対峙《たいじ》する。

先程より身体強化の魔法で体の強度が下がり、殴られた衝撃《しょうげき》が体を突き抜ける。

そして、弱った獲物《えもの》をいたぶるように大蛇は、上機嫌《じょうきげん》で何度も尻尾を振るい、殴打《おうだ》してくる。

「はぁ、はぁ……」

「ひっ⁉　コータス兄ちゃん、血が、口や頭から血が……」

尻尾による殴打を繰《く》り返し受けたために、頭皮の一部が切れ、口の中も切ったようだ。

そんな光景にジニーの悲鳴が耳に届く。

（……あと、少しで）

俺は、毒に体を蝕《むしば》まれる痛みに耐《た》え、尻尾による殴打を踏ん張り続ける。

ジニーやチェルナを襲わせない。

そして、大蛇の魔物を逃《に》がさず倒し、薬の素材を奪還《だっかん》する。

その全《すべ》ての状況を満たすために俺は、耐え続ける。

『シャラッ！』

対する大蛇の魔物は、中々倒れない俺に苛立《いらだ》ちを覚えているのか、甲高《かんだか》い威嚇を上げる。

「もういいよ！　また、採りに来ればいいから！　今は、逃げよう！」

『キュイ！』

俺が一方的に殴られる姿を見せられ、ジニーとチェルナが声を上げる。

そして、ジニーとチェルナを思い出し、倒れない不気味な俺よりも当初の狙いであるジニーとチェルナに頭を向ける。

「くそっ、ジニーの方に……」

狙いを変えた大蛇は、俺を迂回《うかい》するようにジニーとチェルナの方にゆっくりと近づく。

間に割り込もうと一歩踏み出すが、毒の回った体は、思うように動かない。

それでも大蛇の尻尾に飛び乗り、ミスリルの長剣を突き刺し、妨害《ぼうがい》することはできる。

「うぉぉぉぉっ！」

『シュララララッ――』

飛び移った大蛇の尻尾に逆手に持ったミスリルの長剣を突き立てれば、痛みに悶《もだ》え、体を大きく捩《ひね》る。

そして、尻尾に乗った俺は、その捩る勢いでそのまま木の幹に叩き付けられる。

「カ、ハッ！」

木の幹と大蛇《だいじゃ》の尻尾に挟《はさ》まれ、肺から空気が漏《も》れ、血を僅かに吐く。

ミスリルの長剣《ちょうけん》を手放さない俺は、叩き付けられた木に寄り掛かるように立つ。

「よくも、よくも、コータス兄ちゃんを！」

「ジニー、ま、待て……ゴホッ！」

ジニーを止めようとするが、迫《せ》り上がる吐血《とけつ》で咽《む》せ、咄嗟《とっさ》の一言が詰《つ》まる。

「ミア！　好きなだけ魔力を持っていってもいいから手伝って！」

『ニャアアッ――！』

ミアが歓喜《かんき》の鳴き声を上げ、ジニーの体から青白い魔力を吸い上げ、猫精霊《ねこせいれい》の体が淡《あわ》い橙色《だいだいいろ》に輝《かがや》く。

「――《フレアショット》！」

ジニーの号令と共に、ミアが威嚇するように尻尾を立て、その先に特大の火球を灯《とも》し、大蛇に放つ。

『シャ、シャラララッ――！』

突然《とつぜん》に現れた炎《ほのお》に大蛇の魔物が動揺し、体を大きく捩って火球を避《よ》けようとするが――

『ニャッ！』

ミアの鳴き声一つで特大の火球が無数に分裂《ぶんれつ》し、大蛇が避けるのが困難な密度で殺到《さっとう》する。

頭から胴体《どうたい》の半分まで無数の火球が着弾《ちゃくだん》し、外皮を焼く。

『シャ、シャララッ！』

大蛇は、悶えるように身を捩り、燃える体を擦《こす》るようにして消火する。

確かにジニーの精霊魔法は当たったが、その損傷は、頭部や外皮を焼く程度でしかない。

『シャラ、シャラ！』

餌《えさ》と思っていた相手からの思わぬ反撃に、冷静さを失い、息を荒《あら》げる大蛇。

『シャァ、シャァ、シャラララッ……』

頭を上下に揺《ゆ》すり、荒い呼吸を上げていた大蛇は、次第に落ち着きを取り戻《もど》し、真っ直ぐにジニーとミアに目を向ける。

「っ⁉　まだ、まだ！」

怒《いか》りに殺気立つ大蛇からの威圧《いあつ》に、ジニーは怯《おび》えつつも心を奮い立たせる。

『クエエエッ！』

事態を見守っていたソニック・ランドバードがジニーとチェルナを守るように大蛇の前に立ちはだかり威嚇《いかく》で返す。

『シャラララッ――！』

「ミア、残り全部の魔力使っていいから！　倒して！」

『ニャァァァァッ！』

ミアは、自分が実体化するための魔力も炎に変え、空中を駆《か》けて大蛇の頭部に飛び掛かる。

『シャラララララッ――』

そのまま、火精霊のミアの体は、大蛇の頭部に纏わり付く炎に変わり、炎の中で大蛇の断末魔《だんまつま》の叫びが響《ひび》く。

そして、炎で身を捩る大蛇の動きが鈍《にぶ》り、遂《つい》に動きが止まる。

「やった……あたし、魔物を倒した？」

無数の火球で所々焦《こ》げた外皮や真っ黒に焼けた頭部。

それを見て、数秒を待つがピクリとも動かず、ジニーは、ついに倒したと判断する。

「やった！　あたし、魔物を倒した！」

そして、ジニーが大蛇の死骸《しがい》から目を逸《そ》らした瞬間《しゅんかん》、大蛇は脱皮《だっぴ》して焼かれた外皮を脱《ぬ》ぎ捨て、ジニーとチェルナを喰《く》らおうと飛び掛かるが――

「そう何度も不意打ちしても、芸がないだろ」

「えっ？　コータス兄ちゃん⁉」

《ブレイブエンハンス》の身体強化と《デミ・マテリアーム》で長剣の切れ味を引き上げ、ジニーたちに飛び掛かる直前の大蛇に追い付き、首を切り落とす。

ズンと地面に大蛇の頭部が落ち、鎌首《かまくび》を持ち上げていた胴体が【魔《ま》の森】の地面に倒《たお》れる。

「全く、擬態《ぎたい》の不意打ちに、弱者を狙《ねら》い、最後は死んだふりか」

狡猾《こうかつ》な魔物だった、と呟《つぶや》き、頭部だけでも生きていけそうだと思い、きっちりと切り落とした頭部に剣を突き刺し、脳を破壊《はかい》する。

「えっ、あ、コータス兄ちゃん……毒を受けたんじゃないの？」

「ああ、毒を受けてたぞ」

「なんで、動けるの？」

さっきまで大蛇の毒を受けて、動きが鈍っていたのは事実だ。

「俺の【頑健《がんけん》】の加護のお陰《かげ》だ。まぁ、少し時間は掛かったが解毒《げどく》した」

「そう、なんだ……」

俺の言葉に、微妙《びみょう》に納得《なっとく》していない表情になるジニーだが、事実なのだから仕方がない。

俺の【頑健】の加護の本質は、自己適応能力だ。

今回の場合だと、大蛇の猛毒《もうどく》を受け、体の様々な解毒機能や抗毒《こうどく》能力を高めることで克《こく》服《ふく》することができた。

本来は、毒霧《どくきり》を受ける前に大蛇を倒せていれば、ここまで無様な姿を見せなかっただろうと反省しながら、既《すで》に傷が塞《ふさ》がり固まった血を軽く払《はら》う。

「さて、ジニーは、チェルナを守ってくれて、ありがとうな」

「う、ううん。あたしが鞄《かばん》をちゃんと守れたら、相手せずに逃げられた」

自分に責任があると思っているジニーに対して、気にするな、ということを伝えるために頭を撫《な》でる。

そして、遠出先で魔物に襲《おそ》われたことで不安がっていたチェルナは――

『キュイ！』

「悪いな。怖《こわ》い思いをさせて……」

俺の服にしがみついて、キュイキュイと鳴き声を上げ続けるチェルナをあやしつつ、大蛇の胴体をジニーと見つめる。

「さて、この大蛇の魔物の腹から薬の素材を取り返すか」

「う、うん」

「ジニー。これからは余り見ていても気持ちのいいものじゃないぞ」

「だ、大丈夫《だいじょうぶ》。いつかやることなら、今やる。ううん、あたしがやる」

俺が渡《わた》した万能ナイフを取り出し、首を切り落とした大蛇の腹部に刃《は》を当てる。

ヒビキが討伐《とうばつ》し、無限鞄に入れていた魔物の死骸で解体の練習をしたり、レスカの料理の手伝いでナイフの扱《あつか》いには慣れていた。

特に大きな抵抗《ていこう》もなく胴体が切り開かれ、胃の中にあるものを探す。

「肩掛《かたか》け鞄は、捨てなきゃいけないかな」

「まぁ、消化液塗《まみ》れなら捨てるしかないだろうな」

ドロリとした消化液と共に、半分溶《と》けた巨大《きょだい》ネズミの魔物の死骸と異臭《いしゅう》に顔を顰《しか》め、拾ってきた棒で内容物を掻《か》き分け、鞄を探す。

そして、ジニーの肩掛け鞄はすぐに見つかた。

「あれ？　綺麗《きれい》？　っていうか、汚《よご》れてない」

「……汚れてないというか、若干《じゃっかん》輝いて消化液とかを弾《はじ》いているな」

輝く鞄を拾い上げれば、表面を滑《すべ》るように消化液や汚れが流れ落ち、中身も無事なようだ。

「コーヴィクスの花も無事。瓶《びん》も割れてないし、水も漏れてない。でも、なんで？　あっ……これのお陰だ」

ジニーは、肩掛け鞄の中を確認《かくにん》していると、何かを見つけ、それを手に取り出す。

「それは……なんだ？　ゴミか？」

ジニーの手にあるのは、黒ずみ、グズグズに劣化《れっか》した干し肉のようなものだ。

「ち、違《ちが》う！　これ、ヒビキ姉ちゃんのお守り」

「なるほど、ヒビキのお守りが守ってくれたのか」

【賢者《けんじゃ》】謹製《きんせい》のお守りを入れていた肩掛け鞄は、丸呑《まるの》みされて消化液に溶かされるのを肩代わりしてくれたようだ。

「あとで、お礼を言わないとな」

「うん。あっ、でも、直接言うと調子乗る。それは、ダメ」

ジニーの言葉に、苦笑いを浮《う》かべつつ、俺は後処理に取り掛かる。

「あとは、討伐証明になる部位を採ることと、運べない魔物の死骸の処理だな」

俺は、大蛇に牽制《けんせい》のために投げたスコップを回収し、ミスリルの長剣で大蛇をぶつ切りにしてジニーに燃やしてもらった後、地面に埋《う》めるつもりだった。

だが――

『オォォォォ――』

「ひゃっ!?　な、なに!?」

「トレントたちだ。ずっと見てたんだよな」

木々を揺らし、ざわめきで警告していたトレントたちが姿を現す。

牧場町で育ち、そこから野生に帰されたトレントたちは、木の根を使った簡単なジェスチャーで俺たちに意志を伝えてくる。

「えっと……自分たち、引き取る……下、ああ、地中に引きずり込む。ただ、振《ふ》る？　あ、分けやすいように刻め、と」

どうやら、養分にするために切り分けてくれ、ということらしい。

俺は、すぐに、ある程度の大きさに切っていくと、トレントたちは切り分けた部位の端《はし》から木の根で摑《つか》み上げて自身の居場所に運び地面に引きずり込むようだ。

ものの数分で大蛇の首から下は、全《すべ》てトレントたちに持ち去られ、後に残ったのは、目が濁《にご》り始め、細長い舌をだらしなく垂らした大蛇の頭部だけだ。

「討伐証明は、鮮度《せんど》に左右されない部位が選ばれる。爪《つめ》や牙《きば》がその代表だな」

「あっ、コータス兄ちゃん、ちょっと待って！」

俺が大蛇の口を開き、上下二対《つい》の牙を見せ、ミスリルの長剣の剣先で抉《えぐ》り取ろうとすると、ジニーに止められる。

「少し、毒液が染《し》みてる。少し採らせて」

「毒液を持ち帰るのは危険だ。だめだ」

「でも、この魔物がどういう魔物で、どんな毒なのか。それを知る手掛かりになる。それに、蛇《へび》の毒は色んな薬に使えることもある」

「だが……」

「これも採取依頼《いらい》の練習。毒を防ぐ手袋《てぶくろ》もある」

渋《しぶ》る俺に対して、明確な目的と安全策を伝えてくるので、渋々頷《うなず》く。

先程《さきほど》回収した肩掛け鞄の中から革《かわ》製の手袋と【コーヴィクスの花】を集める時に使ったのと同じガラス瓶を取り出す。

ジニーは、万全の状態で上牙の先端《せんたん》にガラス瓶の口を添《そ》え、滴《したた》る黄色い毒液を集める。

左右の牙から合わせてガラス瓶の半分ほどの毒液が集まり、すぐさまそれを厳重に密閉して、小さな綿の敷《し》き詰《つ》められた木箱に詰めて保管する。

「ジニー、満足したか？」

「うん。コータス兄ちゃん、ありがとう」

「気にするな」

俺は、そう答えると、今度こそ大蛇《だいじゃ》の上下四本の毒牙《どくが》を抉り取り、回収する。

「チェルナ、落ち着いたか？」

『キユイ……』

まだ落ち着かないのか、俺の頭にずっとしがみついたまま離《はな》れそうにない。

「まぁ、このままでもいいか。さて、帰るとするか」

まだ雨は降りしきり、こんな場所で足止めされては今晩も【魔の森】で過ごすことになってしまう。

俺とジニーは、ソニック・ランドバードに乗り直し、再び牧場町への帰路に就《つ》く。

●

ソニック・ランドバードに乗り、牧場町を目指して【魔の森】を進んだ俺たちは、夕方前には、牧場町に戻《もど》ってくることができた。

道中、大蛇の魔物に襲われ、その後始末に費《つい》やした時間を巻き返すようにソニック・ランドバードが張り切り、【魔の森】を駆け抜《ぬ》けた。

その際、雨粒《あまつぶ》が俺の顔に激しく当たり、先の戦闘《せんとう》で裂《さ》けた雨具の隙間《すきま》から雨が染《し》みてくるが、これも我慢《がまん》である。

「帰ってこれたか……」

「帰ってきた。【羽根生え薬】を作って、早く飛べるようにしないと」

「そうだな。だが、その前に休んで万全の状態にしないとな。薬を作る途中《とちゅう》で倒れでもしたら目も当てられない」

「そうだね。疲《つか》れた」

一泊《いっぱく》二日を【魔の森】で過ごしたジニーは、疲労《ひろう》がピークに達しているようだ。

牧場町に戻ってきたことで、緊張《きんちょう》が途切《とぎ》れ、眠気《ねむけ》が襲ってきたようだ。

ソニック・ランドバードを歩かせて、牧場町に近づけば、北側を監視《かんし》している自警団に迎《むか》えられる。

「左遷野郎《させんやろう》、帰ってきたのか！　なんだ、そのボロボロの姿、何にやられた！　とりあえず、バルドルさん、呼んでくるぞ！」

【魔の森】の監視の自警団の中にはオリバーが居り、テキパキと指示を出す。

その場で止められた俺とジニーだが、しばらくしてバルドルとリア婆《ばあ》さんがやってくる。

「ジニーには、野営訓練として外出許可を出したけど……分かってるかい？」

「うっ……ごめんなさい」

ジニーが勝手に【魔の森】に入ろうとすることを聞かされていたとは言え、リア婆さんが怒《おこ》らないわけがない。

「あとで、説教だよ」

「はい……」

「それから、コータスもジニーを見てくれてありがとね。あたしが責任を持って薬を用意するよ」

俺にお礼を言うリア婆さんの元に、ジニーを無事に帰すことができ、【コーヴィクスの花】も届けることができて良かったと思う。

そして、薬屋に帰るジニーとリア婆さんの後ろ姿を見送り、俺はバルドルに声を掛けられる。

「コータス、どうしたんだ？　そのボロボロの格好。何と戦ったんだ？」

「それについては、どこか落ち着いた場所で話すつもりだ」

「まぁ、何にしても無事に帰ってきてよかったよ」

バルドルも俺の無事を喜んでくれて、一度ソニック・ランドバードを返しに、ランドバード牧場に寄り、バルドルと共に町役場に移設された騎士《きし》団の駐在所《ちゅうざいしょ》に向かう。

そこで【魔《ま》の森】で危険な魔物との遭遇《そうぐう》とその討伐、特徴《とくちょう》などの情報共有を行った。

『平べったい頭部を持ち、体色を変化させて周囲に擬態《ぎたい》し、尻尾《しっぽ》先には膨《ふく》らみと目玉のように見える円の模様がある強力な毒液を吐《は》く大蛇』という特徴を伝え、討伐証明部位の牙を渡す。

この牧場町には、魔物の素材の処理が得意な専門家が多いので、この素材からどんな魔物だったのか、特定してくれるだろう。

そうした煩雑《はんざつ》な報告を終えて、町役場を出れば、外は完全に暗くなっていた。

ソニック・ランドバードに載《の》せていた野営のための重たい荷物を背負い、チェルナと共にレスカの牧場に帰ろうとした時、役場の前に見覚えのあるリアカーが止まっていた。

『『ワンワン！　ワフッ！』』

『キュイ！　キュイ！』

リアカーを牽《ひ》いているペロに向かって、チェルナが滑空《かっくう》して跳《と》び込み、盛大《せいだい》に甘える。

そして、ペロと一緒《いっしょ》に、ここで待っていたレスカが顔を上げて、俺に微笑《ほほえ》み掛けてくる。

「コータスさん、お帰りなさい」

「とりあえず……ただいま。でも、どうしてレスカがここに？」

俺が尋《たず》ねるとレスカは、恥《は》ずかしそうにしながら答えてくれる。

「きっと、野営の荷物を運ぶのは大変だろうと思って、迎えに来たんです」

「そうか。悪いな、気を遣《つか》わせて」

「いえ、勝手にやっていることですから！」

お礼を口にすれば、レスカは慌《あわ》てて答えるが、それでも嬉《うれ》しく感じた俺の表情が緩《ゆる》む。

なんだか、レスカを見て安心してしまい、一歩踏《ふ》み出すと膝《ひざ》からガクッと力が抜け、慌ててレスカが支えてくれる。

「コータスさん、大丈夫《だいじょうぶ》ですか？」

「ああ、少し疲れが出ただけだ」

流石《さすが》に、一昼夜寝《ね》ずに【魔の森】でジニーの護衛を務め、大蛇の魔物との戦闘で短時間でも禁術の《マテリアボディ》を使ったために、疲れが出たようだ。

肉体の損傷は、【頑健《がんけん》】の加護が貯蔵した養分を消費して治してくれるが、休まなければ回復速度は落ち、精神的な疲労も溜《た》まる。

「今日と明日は、しっかり休みましょう。それに体が冷たいですよ」

レスカに支えられて握《にぎ》られた手に目を向ければ、自身の手先が冷え切っていることに気づく。

雨季の雨風を受けて体は濡《ぬ》れ、ジニーを守る使命感に、知らず知らずの内に緊張していたようだ。

そんな俺の手をレスカの手が握り締《し》めて温めてくれる。

「…………」

レスカとの体温差に、じんわりと手先に血の気が戻ってくる気がした。

「コータスさんの手、大きくて、ごつごつしてますね。手の皮が厚い……って、私は、なにをやってるんだ⁉」

ぼうっとした表情で俺の手を揉《も》むように温めていたレスカは、自身の行動に恥ずかしさを覚えたのか、俺の手を放してしまう。

「コータスさん！　お夕飯を食べたら湯屋に行きましょう！　冷たい体を温めて今日と明日はゆっくり休みましょう！　ヒビキさんも待ってます！　さぁ、帰りましょう！」

そう言って、大きな声を出して出発を促《うなが》す。

俺は、野営の荷物をリアカーに載せ、レスカたちと共に牧場に向かう。

そして、互《たが》いに気恥ずかしさから少しだけ距離《きょり》があり、無言になって歩く。

ただ、少ししてその気恥ずかしさが消え、レスカの傍《そば》にいる居心地《いごこち》のよさに改めて、帰ってきた、という気分にさせられる。

レスカの牧場に帰って野営の荷物を置けば、レスカが夕ご飯のクリームシチューを用意してくれる。

それを食べれば、胃の中が温まり、ほっと吐息《といき》が漏《も》れる。

俺が作る野営の不味《まず》い食事や保存食などと比べて、天と地ほどの差を感じ、改めてレスカへの感謝を覚える。

食後は、綺麗《きれい》な衣服を持って、一人湯屋に向かえば、野営の汚れを汗《あせ》と共に流し、体の芯《しん》まで温《よご》める。

そして、レスカの牧場に帰って、今日は早々に自室に入れば――

「……ベッドが綺麗にされてる」

一泊二日の野営での過ごし方を思い出し、それとは雲泥《うんでい》の差の状況《じょうきょう》に、三度レスカへの感謝を覚えて、ベッドで眠《ねむ》りに就《つ》く。

（俺は、弱くなってるのだろうか……）

左遷される前は、たとえ野外だろうが馬小屋だろうが寝泊《ねと》まりには抵抗《ていこう》はなく、食事も栄養補給のためだけ、睡眠《すいみん》も最低限の仮眠《かみん》で十分だと思っていた。

（贅沢《ぜいたく》なんだろうか……）

そんな事を思いながら、ベッドで意識を落とし、翌朝にはいつもの時間に習慣として目を覚ます。

【頑健】の加護で体調も良好になり、牧場仕事を手伝おうとしたが、レスカとヒビキに無理矢理休まされ、仕方がなく、チェルナとペロと共にダーダル・スワローの傍で一日を過ごした。

先日までの自死すら選ぶ哀愁漂《あいしゅうただよ》う姿はなく、再び空を飛べる希望を得た穏《おだ》やかな表情のダーダル・スワローと共に、牧場町の上空を飛ぶ渡《わた》り鳥《どり》の群れを見送る。

「薬の素材が揃《そろ》った。近い内に【羽根生え薬】が完成するだろうな」

『ツピー』

「お前の仲間は、飛ぶの上手《うま》いな」

『ツピー』

俺の呟《つぶや》きに、相槌《あいづち》を打つようにダーダル・スワローが鳴く。

人慣れしているために鳴き声のテンポが非常に心地よく、つい語り掛《か》けてしまう。

「俺は、人だから、チェルナに飛ぶ方法を教えることができない。どうすればいいと思う？」

『キュイ？』

突然《とつぜん》、自分の話題に変わって小首を傾《かし》げるチェルナに、ダーダル・スワローが胸を張る。

『ツピッ、ピー』

『キュイ！　キュイキュイ！』

チェルナに向かって何かを話すと、嬉しそうにチェルナが頷《うなず》く。

「会話は分からないな。……マーゴ、いるか？」

『ナニ？』

マーゴの念話が響《ひび》くと共に、近くの地面から菌糸《きんし》が湧《わ》き出し、人型を作り始める。

「ダーダル・スワローは、何を言っていたか通訳してくれるか？」

『トビカタ、ジブン、オシエル。ソウイッテタ』

片言のマーゴの念話に、チェルナの飛行の見本になってくれるのか、と理解し更《さら》に穏やかな気持ちで一日を過ごした。

それから更に二日後——ジニーも野営の疲れを取った後、持ち帰った【コーヴィクスの花】を使って待ち望んでいた【羽根生え薬】が完成する。

それは、すぐにレスカに預けられ、ダーダル・スワローの翼《つばさ》に塗布《とふ》された。

それから朝晩二回、羽根の根元に液状の【羽根生え薬】を塗布することで、五日目には、綺麗に風切り羽根が生え揃い、いつでも飛んで、野生に帰すことができる状態になった。

その状態になったダーダル・スワローは、中々牧場町から飛び立とうとせず、町の上空を通り過ぎる同族たちの群れを見送る日々を過ごす。

『ツピー、ツピィ！』

『オンガエシ、シタイ、ラシイ』

野生に帰ることを諦《あきら》めたのかと思い、俺とレスカがマーゴに通訳を頼《たの》めば、風切り羽根を生やしてくれたお礼がしたいらしい。

そのために、自主的な恩返しとして牧場町の畑に出現する害虫を食べ、牧場町の上空を旋回《せんかい》して周囲を警戒《けいかい》し、【魔の森】から魔物が現れる度《たび》に知らせてくれる。

レスカの牧場では、チェルナに約束していた飛び方を教えるために、低空でゆっくりと飛び、チェルナに飛行の見本を見せていた。

『キュイ！　キュイ！』

『ツピー、ピッピー！』

まだ滑空のような飛び方しかできなかったチェルナだが、少しずつ翼の動かし方を覚え、ふらふらしながら低空飛行を維持《いじ》し続け、ダーダル・スワローが併走《へいそう》して応援《おうえん》する姿に癒《い》やされつつ、雨季が過ぎていく。

終章　左遷騎士《させんきし》と手紙

今日は、空は晴れているのに小雨が降る不思議な天気だった。

「コータスさん。前に服屋で注文した夏服やタオルが届きましたよ」

「ああ、レスカ。ありがとう」

牧場の軒下《のきした》で休憩《きゅうけい》し、小雨にも拘《かか》わらず飛行訓練をするチェルナとダーダル・スワローを見守っていた俺に、レスカが話し掛けてくる。

俺は、注文した新しい衣類を受け取ると、レスカが俺の向こう側にいるジニーとヒビキの様子を覗《のぞ》き込みながら尋《たず》ねてくる。

「ジニーちゃんとヒビキさんは、何をやっているんですか？」

小さなテーブルを引っ張り出し、ジニーが便箋《びんせん》に羽根ペンを走らせ、何かを書いているのをヒビキが見守っている状況を俺が説明する。

「なんでも、ダーダル・スワローに持たせる手紙を書いているようだ」

「ダーダル・スワローにですか？」

「あいつの雄姿《ゆうし》を手紙の受取人に伝えるためらしい」

ダーダル・スワローが牧場町に荷物を運んでいた行商人を助けたこと。

商人を助けた結果、町に手紙が届いたこと。

魔物と戦った所為《せい》で怪我《けが》を負い、風切り羽根が抜《ぬ》けて空が飛べなくなったこと。

薬を使って、風切り羽根を生やしたこと。

無事に受取人まで辿《たど》り着いたら、労《ねぎら》って欲しいこと。

そうした内容をジニーとヒビキが考え、手紙に書いているのだ。

「ん、手紙ができた」

「じゃあ、ちゃんと書けているか確認《かくにん》するわ」

手紙を書き終えたジニーは、その手紙をヒビキに渡して確認してもらう。

その手紙に目を通すヒビキは、相槌を打つように頷く。

「うん。問題ないわ」

「よかった。手紙って初めて出すから緊張《きんちょう》した」

そうしてホッとするジニーを微笑《ほほえ》ましく思った俺は、呟く。

「手紙かぁ。俺も親父《おやじ》に出した方がいいかな」

「コータスさんのお父さんにですか？」

不思議そうに尋ねるレスカに、俺は養家族について軽く説明する。

「正確には養家族の方が正しいかな。親父は、何というか細かいことを気にしない人だから、便りがないのはいい知らせ、とか言ってるだろうが、義母や義弟くらいには現状を伝えないとな。あとは世話になった人に送るのもいいかもしれない」

「私もお父さんとお母さんに手紙を出したいんですけど……調教師として各地に荷物の運《うん》搬《ぱん》とかして一箇所《いっかしょ》に留《とど》まっていないので、送るのが難しいんですよねぇ」

そう言って、困ったように微笑むレスカ。

「確か、叔父《おじ》もいるだろ？　そっちの方は手紙を送らないのか？」

「叔父の魔物《まもの》研究機関は、ちょっと遠いのでその分の配達費用が掛かるんですよ。それに遠い分、紛失《ふんしつ》の可能性が高いので、お金が無駄《むだ》になるかと思うと踏《ふ》ん切りが……」

「そうなのか」

「ですけど、叔父からはたまに手紙が届きますよ。自身の研究と並行して、学生に魔物の生態とかを教える先生も任されているみたいで中々忙《いそが》しくも充実《じゅうじつ》しているみたいです」

それでも、家族に近状を伝える努力はしても良いかも、と話していると、何かを思い出したかのようにレスカがポンと手を叩《たた》く。

「魔物と言えば、コータスさんとジニーちゃんたちが【魔の森】で遭遇《そうぐう》した大蛇《だいじゃ》の魔物ですが、その正体がわかりました」

「そうか。それで、どんな魔物なんだ？」

「名前は、リーンカル・スネークという魔物だと思います。周囲の色に擬態《ぎたい》して、尻尾《しっぽ》先を疑似餌《ぎじえ》にして獲物《えもの》を襲《おそ》うCランクの魔物だと思います」

「それは、珍《めずら》しい魔物なのか？　町への脅威《きょうい》は？」

俺は、騎士としての立場でそれを尋ねると、レスカは微苦笑《びくしょう》を浮《う》かべながら、大丈夫《だいじょうぶ》だと教えてくれる。

「リーンカル・スネークは、下位の毒蛇《どくへび》からの進化でしか誕生しない魔物なんです。一代限りの突然変異《とつぜんへんい》でしか現れない魔物なので、二匹《ひき》目や三匹目が現れることはまずないと思いますよ」

「それは、よかった」

あんな魔物が数匹も現れて、牧場町を襲ってくれれば、俺とバルドルだけでは被害《ひがい》を出さずに倒《たお》すのは難しい。

「そう言えば、ジニーがそのリーンカル・スネークの毒液を確保していたよな。あれはどうしたんだ？」

「ん？　あれは、お祖母《ばあ》ちゃんが薬にしてくれてる。本来は、進化前の毒蛇の毒を使う薬だけど、進化後の方が効能が高いらしい」

「ジニーちゃん、それはどんな薬なんですか？」

レスカが尋ねると、ジニーは、簡単にだが毒液の使い道を教えてくれる。

「ただ、強いお酒と混ぜておくだけ。時間が経《た》つと毒性が弱まって薬効の方が強まる。それが薬になる。ちょっと風邪気味《かぜぎみ》の時に飲むと血の巡《めぐ》りが良くなって凝《こ》り固まった体が解《ほぐ》れるらしい」

「そうなのか」

俺が感心すると、ジニーは相槌《あいづち》を打ちつつ、補足を入れる。

「うん。でも、強い薬酒だから人間用じゃない。使うのは、ルインみたいな大型畜産《ちくさん》魔物が夏バテした時に飲ます……らしい」

これからの雨季が終わり、本格的に暑くなり夏がやってくれば、そうした夏バテに効く薬は、需要《じゆよう》が高まるのでありがたいらしい。

図《はか》らずも、【コーヴィクスの花】以外の有用な薬の素材を手に入れることができたようだ。

「さて、ジニーちゃん。ダーダル・スワローを呼んで手紙を預けましょう」

「う、うん。ちょっと、こっちに来て！」

小雨の降る牧場の敷地内《しきち》を低空で飛んでいたチェルナとダーダル・スワローたちをジニーが呼ぶと軒下の俺たちの元に飛んでくる。

ダーダル・スワローは、華麗《かれい》に軒下のテーブルの端《はし》に着地する中、チェルナは、遅《おく》れてふらふらと俺の腹に飛び込み、甘えるように体を擦《こす》り付けてくる。

ただ、雨の中を飛んでいたために濡《ぬ》れた鱗《うろこ》が俺の衣服で磨《みが》かれ、服が少し濡れる。

早速《さっそく》、レスカから受け取った衣類の中にあるタオルを取り出し、チェルナの体を綺麗《きれい》に拭《ふ》いて、水気を取っていく。

「さぁ、ちょっと脚《あし》を貸してね。手紙を入れたいから」

ヒビキは、ダーダル・スワローの脚に着けられている金属筒《つつ》を開けて、その中に小さく畳《たた》んだ手紙を入れて、再び密閉する。

ダーダル・スワローの脚にある金属筒には、元々入っていた手紙と合わせて二通の手紙が入ったことになる。

『……ツピー』

「うん？　どうした？」

そして、ダーダル・スワローは、ゆっくりと俺たちを誘《いざな》うように牧場の柵《さく》の方に飛んでいき、そこで止まる。

「なにか、あるのか？」

「行ってみましょうか」

俺とレスカ。そして、ジニーとヒビキが小雨の降る空の下に出ると、ダーダル・スワローは、姿勢を正すように向き直る。

『ツピー！　ツピー！』

そして、翼《つばさ》を広げて、空に向かって甲高《かんだか》い鳴き声を上げた直後――

「きゃっ⁉　風！」

「レスカ、大丈夫か？」

突然《とつぜん》の突風に俺がレスカの体を支え、空を見上げる。

雨季の南風に乗って飛ぶ渡《わた》り鳥《どり》の編隊飛行が見られる。

それもここ数日の中では最大の規模が広がっていた。

「うわっ！　すごいよ！　コータス兄ちゃん、レスカ姉ちゃん！」

「そろそろ雨季が終わるから、これから飛び立つんだろうな」

『ツピー』

俺の呟《つぶや》きに、頷《うなず》くダーダル・スワローは、左の翼を胸に寄せるように頭を下げる。

その優雅《ゆうが》な仕草は、やはり人を見て真似《まね》たものだろうか。

『キュイ、キュイ！』

『ワフ！』

『ジャアネ……』

チェルナやペロ、マーゴも別れの挨拶《あいさつ》をし、俺とレスカも声を掛《か》ける。

「無茶はするなよ」

「また、今年の秋頃《ごろ》の編隊飛行を楽しみにしていますね」

俺は短く、レスカは丁寧《ていねい》な挨拶を送る中、ジニーだけは中々言葉を口にできない。

「その……」

「ほら、ジニーちゃん。早くしないと時間がないわよ！」

『ウニャッ！』

何を言えばいいのか言葉が出ないジニーに、ヒビキと雨の中で実体化した猫精霊《ねこせいれい》のミアが背中を押すように声を掛ける。

『ツピー！』

時間が来たのか、大きく羽ばたき、頭上を飛行するダーダル・スワローの群れに加わるために上昇《じょうしょう》していく。

弾《はじ》かれるように空を見上げたジニーは、反射的に大声で——

「もし、移動の時に疲《つか》れたら！　あたしたちのところにまた、来てね！」

ジニーが大きな声を上げて、上昇するダーダル・スワローに別れの言葉を掛けると、ダーダル・スワローがちらりとジニーを一瞥《いちべつ》して、そのまま頭上を飛ぶ渡り鳥の群れに加わり、そのまま北を目指して飛んでいくのを見送る。

「……行っちゃった」

「……そうだな」

ぽつりと呟くジニーの頭を俺が撫《な》でると、少し擽《くすぐ》ったそうに身を捩《よじ》る。

その様子にレスカがクスクスと小さく笑うと、ハッと気がついたように俺から距離《きょり》を取る。

「その、コータスさん、すみません！」

「あ、いや……俺も悪い」

突風にふらつくレスカの体を支えるために、互《たが》いの距離が近づき、密着していたことに遅《おそ》くではあるが気恥《きは》ずかしさを感じる。

「ほらほら、二人とも雨の中突《つ》っ立ってると濡れちゃうわよ。いくら、気温が高くなったからって、風邪《かぜ》を引くかもしれないんだから」

そのまま、何時《いつ》までも互いに固まったままになりそうな雰囲気《ふんいき》をヒビキが盛大《せいだい》に壊《こわ》して

くれる。

「そ、そうですね！　母屋《おもや》に戻《もど》りましょうか！」

レスカは、恥ずかしさを隠《かく》すようにパタパタと小走りで母屋に向かい、その後をチェルナを乗せたペロが追い、続いてジニーとヒビキも母屋に戻る。

「……暖かくなってきたな」

肌寒《はだざむ》かった雨季が終わり、暖かい日差しを感じる空を見上げる。

恵《めぐ》みの夏は、すぐそこまで来ていた。

●

ここは、アラド王国の王宮の奥。

その一室で一人の少女が気怠《けだる》げに窓の外を眺《なが》めていた。

「失礼します」

「入っていいわ」

少女の入室を許可する一言に、侍女《じじょ》服を着た女性が入室する。

「姫《ひめ》様、さきほど陛下と王太子殿下《でんか》連名の手紙と当事者のご家族からの返事を頂きました」

「ふぅ、やっとね。流石《さすが》に長すぎないかしら？」

手紙を受け取り、ざっと流し読みする姫と呼ばれた少女――アラド王国の第二王女は、鬱陶《うっとう》しそうに溜息《ためいき》を吐《つ》く。

「真竜《しんりゅう》には手を出すな、それが絶対条件ね。分かっているわよ」

少女の父であるアラド王国の国王と兄である王太子は、真竜に対して静観を決めている。

そして、実兄である第二王子は、貴族派閥《はばつ》へのパフォーマンスとして密偵《みってい》を秘密裏《ひみつり》に派《は》遣《けん》して交渉《こうしょう》しようとしたが、失敗に終わった。

まぁ、元々交渉を纏《まと》めるつもりはなく、ただのパフォーマンスのためである。

「全く、この平和な時代にとんだ危険物が生まれたものよね」

そう溜息を吐くアラド王国の第二王女は、これまでの王宮の動きを思い返す。

辺境の町に真竜の卵が現れ、それを保護した騎士《きし》がアラド王国建国の祖と契約《けいやく》し崇《あが》める国の象徴《しょうちょう》である火竜・アラドと契約したのだ。

その扱《あつか》いに対して、様々な話が飛び交《か》っている。

王都への招集や貴族への爵位《しゃくい》、戦争の御旗《みはた》などの意見が出された。

真竜・アラド自身が降臨して、警告を発し、国王が新たに誕生した真竜とその契約者の政治利用を避《さ》けるために強権すら使い、一切《いっさい》の手出しすら封《ふう》じ込めた。

それでも水面下では未《いま》だに、真竜の雛《ひな》とその契約者を利用しようとする動きが絶えない。

それを収めるために、第二王女である彼女は、時間を掛けて根回ししていた。

「お父様もお兄様たちも渋々《しぶしぶ》だけど了承《りょうしょう》している。あとは、当事者の家族を味方に付けて、真竜の契約者に逃《に》げられたり、不満を与《あた》えないように囲っていかなくては」

そう呟く少女は、今までの気怠げな表情から一転、楽しそうに笑う。

元々、平和なアラド王国では余り気味の王女である自身に役割が生まれたことを喜ぶ。

そして、いいことを思い付いたというように声を上げる。

「ただの名無しの密約じゃあ、芸がないから何かで例えるのはどうかしら？」

「姫様……」

若干《じゃっかん》、呆《あき》れたような侍女の言葉も気にせずに顎《あご》に指を当てて、考え、思い付く。

「そうね。角の密猟《みつりょう》で頭数を減らしたユニコーンを保護した話を元に、ユニコーン密約とでも呼ぶのはどうかしら？」

夏には、暑さや恵《めぐ》み以外のものが辺境の牧場町にやってくるのかもしれない。

魔物図鑑
Monster guide
NO.20

ダーダル・スワロー

討伐ランク▶E

大燕系の魔物。雨季の南風に乗って群れで北上し、夏場は海辺の岸壁に巣を作り、子どもを産み育て、秋頃の雨と北風に乗って南下し、暖かい地域で冬を過ごす。
地域によっては、『嵐を告げる鳥』や『季節を運ぶ聖鳥』と呼ばれている。
風を読み、長い距離を飛行する能力は高く、非常に知的な魔物として知られている。

【備考】

ランクSS ▶測定不能。天災級の強さ　ランクS ▶勇者・英雄・魔王級、半伝説級の存在
ランクA ▶超一流の人間が複数人で討伐可能
ランクB ▶人間単独での対処の限界。一流冒険者、もしくは近衛騎士級の人間が複数人必要
ランクC ▶一人前の冒険者複数人、もしくは、ベテラン冒険者が個人で討伐可能
ランクD ▶一般男性が複数人、もしくは、一人前の冒険者が個人で討伐可能
ランクE ▶一般の成人男性が個人で討伐可能
ランクF ▶子どもが倒すことができる　ランクG ▶ほぼ無害

あとがき

初めましての方、お久しぶりの方、こんにちは。アロハ座長《ざちょう》です。

この本を手に取って頂いた方、担当編集のOさん、作品に素敵なイラストを用意して下さった夜ノ《やの》みつき様、また出版以前からネット上で私の作品を見て下さった方々に多大な感謝をしております。

また、弊著《へいちょ》に『オンリーセンス・オンライン』シリーズもございますので、そちらの方も手に取っていただけますと幸いです。


3巻という一つの壁《かべ》を越《こ》えて、4巻を出版することができ、非常に嬉《うれ》しく思います。

今回の話題は、ツバメをモチーフにした魔物《まもの》が登場したので、それ関連の話題にしようかと思います。

私が通っていた大学のキャンパス内では、春から夏に掛《か》けて大学の駐輪場《ちゆうりんじょう》の上空をツバメが飛び交い、校舎の出入り口や下宿先のアパートと大学の間にあるコンビニの軒先《のきさき》にツバメの巣ができていました。

私は、ツバメの様子を見るために、その校舎の出入り口で立ち止まって見上げたり、そのコンビニで買い物をしてました。

そんなツバメが飛び交う光景は、田舎《いなか》ではあまり見た記憶《きおく》がなく、身近に野生の動物の営みなどを見られるのは、新鮮《しんせん》で楽しくもありました。

また、下宿先の変更《へんこう》で移ったアパートにも私の入居後にツバメが出入り口に巣を作っており、より間近でツバメの雛《ひな》の成長を見ることができました。

そこでは、五羽の雛が誕生し、巣から黄色い嘴《くちばし》を五つ並べて、ピヨピヨと可愛らしく合唱しておりました。

生まれたての柔《やわ》らかそうな灰色っぽい羽毛の体を寄せ合うツバメの雛たちを見上げれば、ほっこり毛玉天国。下を見れば、こんもり積もった糞《ふん》の山。

毎年、ツバメが巣を作るコンビニで、巣の下に段ボールを敷《し》いて、落ちてきた糞を受け止めて、段ボールごと捨てているのは、毎年の知恵《ちえ》なのかなぁ、と感心しました。

そんなツバメの言い伝えとしては、ツバメが巣を作ると、縁起《えんぎ》が良い、幸運になる、金運が上がる、などと昔から言われております。

その理由には諸説あり、例えば、ツバメは畑の害虫を食べてくれるので、畑が豊作になる。

昔の農家は、現金収入の手段が農業だったので、そこから金運が上がる話が現代に残っているのだと思います。

ツバメが巣を作る場所として、人通りが多い場所を選ぶ傾向《けいこう》にあると言われており、その理由が、人がツバメの天敵を追《お》い払《はら》ってくれるからだそうです。

だから、コンビニなどの出入りが多いに巣を作るのは、客の出入りが多い場所なので、繁盛《はんじょう》の証とも言えると思います。

金運が上がるという言い伝えは、現代で形を変えても有効なのかもしれません。

あとは、ツバメが巣から沢山《たくさん》の糞を落とすので『運が付く』という語呂合《ごろあ》わせの験担ぎもあるでしょう。

私も運が良くなるように、なにか験担ぎでもしたいと思います。

これからも私、アロハ座長をよろしくお願いします。

最後に、この本を手に取って頂いた読者の皆様《みなさま》に、改めて感謝を申し上げます。

二〇一八年五月　アロハ座長

富士見ファンタジア文庫

モンスター・ファクトリー4
—左遷騎士《させんきし》と雨季《うき》の渡《わた》り鳥《どり》—

平成30年7月20日　初版発行

著者——アロハ座長《ざちょう》

発行者——三坂泰二

発　行——株式会社KADOKAWA
〒102-8177
東京都千代田区富士見2-13-3
0570-002-301（ナビダイヤル）

印刷所——暁印刷

製本所——BBC

※定価はカバーに表示してあります。
KADOKAWA　カスタマーサポート
［電話］0570-002-301（土日祝日を除く11時～17時）
［WEB］https://www.kadokawa.co.jp/（「お問い合わせ」へお進みください）
※製造不良品につきましては上記窓口にて承ります。
※記述・収録内容を超えるご質問にはお答えできない場合があります。
※サポートは日本国内に限らせていただきます。

ISBN978-4-04-072642-7 C0193

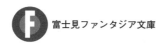

その男、
アード
元・最強の《魔王》さま。その強さ故に孤独となってしまった。只の村人に転生し、友だちを求めることになるのだが……？
ジニー
いじめられっ子のサキュバス。救世主のように助けてくれたアードのことを慕い、彼のハーレムを作ると宣言して!?
イリーナ
正義感あふれるエルフの少女（ちょっと負けず嫌い）。友達一号のアードを、いつも子犬のように追いかけている
神話に名を刻む史上最強の大魔王、ヴァルヴァトス。
王としての人生をやり尽くした彼は、平凡な人生に憧れ、
数千年後、村人・アードへと転生するのだが……
魔法の力が劣化した現代では、手加減しても、アードは規格外極まる存在で!?　噂は広まり、　嫁にしてほしいと言い寄ってくる女、次代の王へと担ぎ上げようとする王族、果ては命を狙う元配下が学園に押し掛けてくるのだが、
そんな連中を一蹴し、大魔王は己の道を邁進する……！

ファンタジア文庫
すべてを蹂躙《じゅうりん》する。
史上最強の大魔王、村人Aに転生する
The Greatest Maou Is Reborned To Get Friends
緊急重版
大ヒット中!
下等妙人
イラスト/水野早桜
1~2巻好評発売中!

アニメ世界の悪役に
転生した少年の
シャーロット・リリィ・
ヒュージャック
滅亡した皇国の
プリンセス。
現在はスロウの従者に
身をやつす
ファンタジア文庫

切り拓け！キミだけの王道
第32回
ファンタジア大賞
原稿募集中！
あなたの小説でドキドキさせてね？
〈大賞〉
300万円
〈金賞〉50万円
〈銀賞〉30万円
〈前期〉
締め切り
2018年8月末日
選考委員
葵せきな「ゲーマーズ!」
×
石踏一榮「ハイスクールD×D」
×
橘公司「デート・ア・ライブ」
×
ファンタジア文庫編集長
応募の詳細は大賞WEBサイトにて！
https://www.fantasiataisho.com/
イラスト：みやま零